À pleine vie

116, rue de la Tour
75016 Paris
ISBN : 978-2-7191-0919-9

Laurent Kérusoré

À pleine vie

Vilo

À Robert et Maïté

PREAMBULE

Ça aurait pu commencer comme ça : « Thomas sort du Mistral, son plateau à la main. Les deux cafés et la limonade tanguent dangereusement. D'un geste expert, il rattrape l'équilibre un instant compromis. Et il sourit de toutes ses dents, dans sa perpétuelle barbe naissante… »

— « Coupez ! », crie, à distance, le réalisateur…

Ou sur un plateau de théâtre, où je serais en train de jouer *Hamlet – to be or not to be Thomas* ?

Ou bien encore, lors d'une de ces nombreuses séances de dédicaces. Entouré des fans les plus assidus de la série. Le flot de ces regards, de ces mains tendues, de ces paroles complices sur la vie de mon personnage…

Ou au cours d'une rixe, dans une rue de Marseille, victime d'une agression sauvage, visage tuméfié, et, autour de moi, des individus peu complaisants, des voix qui me promettent le pire …

Mauvais film…

Je préfère commencer par le pourquoi du comment : « A pleine vie… » Je ne me suis vraiment posé la question que le 14 mars 2009, quand, avec toute l'équipe, nous sommes allés à la rencontre des fans au Salon du Livre. Quand la folie des bises et des signatures s'est peu à peu estompée – des heures et des heures plus tard –, je me suis camouflé, et je me suis promené parmi les livres.

Tant de livres… À quoi bon y ajouter le mien ?

Et pourquoi pas ?

C'est ce jour-là, au milieu de la foule, des embrassades et des mains tendues, au milieu de la folie, que j'ai pris la décision d'écrire ces souvenirs décousus. En espérant que de ce désordre émergera, au complet et défragmenté, celui que je suis.

Pour que Thomas s'appelle à nouveau Laurent.

Bien sûr, si Thomas n'existait pas, Laurent existerait à peine. Merci à lui ! Ce rôle me colle à la peau. Mais il n'est pas moi, il est un autre. Quand on aura oublié Thomas, sera-t-il temps de parler de moi ? N'ai-je pas le droit de partir de ma marionnette pour dire qui est derrière – ou dessous ? Partir de Thomas pour… m'en éloigner – me retrouver.

Thomas porte la barbe par obligation de scénario. Il a un fond de teint de cinéma. Eh bien, je vais me démaquiller devant vous. Et me raser – en évitant de vous barber…

Certains penseront que je suis bien jeune pour écrire une biographie. Ces chicaneurs n'auront tout simplement qu'à éviter de me lire !

Dois-je donc attendre d'avoir un pied dans la tombe, et la main sur mon bâton de vieillesse, pour avoir le droit de parler ? Et puis, parler, c'est d'une certaine façon rester vivant, non ?

Au fond, après cinq ans de feuilleton, j'ai un peu peur, parfois, de ne plus être que « Thomas ». Dans le miroir de ma loge, je ne sais parfois plus qui je suis. Je me souris – c'est encore le sourire de Thomas !

Alors, parfois, je me fais la gueule.

Ce livre est, en quelque sorte, un strip-tease – et une thérapeutique.

C'est aussi un pont vers le futur. Une façon de dire que je suis autre chose qu'une (belle) image.

Peut-être une manière de conjurer le temps. Thomas disparaîtra un jour ou l'autre, Laurent vieillira, mais ce qui est écrit reste.

J'espère de tout mon cœur qu'un lecteur trouvera, au hasard de mes mots, une phrase qui lui parlera, à lui personnellement : une phrase qui restera, pour lui, un peu de moi…

Quel « moi » ? Passer à la télé, être « une vedette du petit écran », c'est souvent être enfermé dans un rôle, une apparence. Quand on m'aborde dans la rue, on voit le personnage, rarement la personne. La télé change le regard que les gens portent sur vous, mais ne vous change pas, vous. Et l'écart se creuse entre l'image que l'on connaît et la personne que l'on ne connaît pas. Parfois, cela finit par vous coûter cher : on somme Laurent d'être Thomas, en permanence, nuit et jour, dans la rue comme aux studios.

Parfois, cela m'exaspère. Parfois, cela dégénère.

Rendez-moi Laurent !

Dans la société du spectacle, on existe surtout quand on se donne en spectacle. « Tout le monde a droit à son quart d'heure de gloire », disait Andy Warhol. J'en ai eu plus que ma part, de quarts d'heure… Pas de quoi me jalouser : on est vite prisonnier de son image cathodique.

Je ne me plains pas, je n'en ai pas le droit. Le plus souvent, les gens sont adorables et me remercient pour ce rôle. J'ai de la chance, j'en suis conscient. Sans eux, je ne suis rien, et pourtant...

L'enjeu de ce livre est simple, au fond.

Thomas ne pourrait-il pas me permettre d'être – ou de redevenir – Laurent ? Le personnage ne peut-il pas m'aider à accoucher de l'acteur, du comédien que je suis ? Et quitte à être comédien, autant dire toute la vérité : c'est le personnage qui ment, pas moi.

J'écris sans prétention, parce que j'écris sans masque. J'écris pour dire.

Pas pour dénoncer. Je ne suis réductible à aucune « cause », bonne ou mauvaise.

Je ne revendique rien, je ne défile pas, je ne hurle pas avec les loups.

Irréductible.

J'écris pour ceux qui me connaissent, et pour ceux qui ne me connaissent pas. Aux uns, je dis et redis sans cesse la même chose : oui, je suis bien le grand imbécile sentimental qu'ils connaissent. Aux autres, je veux faire découvrir qui je suis – blessures, déchirures, tant de bonheur, tant d'incertitudes.

Comme acteur, je ne cherche jamais à berner le spectateur, ou le téléspectateur. On peut mentir aux foules quelque temps, on ne peut pas mentir toujours. Alors, autant dire la vérité, toute la vérité, tout de suite.

J'écris pour ceux qui me regardent et me soutiennent. Pour les gamins et gamines, pour les ados et leurs parents, pour leurs grands-parents, pour tous ceux qui un jour ont voulu en savoir un peu plus.

Pour ceux qui m'aiment autant que pour moi.

Marseille, février 2010.

LA CIGOGNE

Juillet 1974

Je suis né le 25 juillet 1974 en Bretagne sud. Mon premier cri, puis mes premiers pas, c'est entre Nantes et Saint-Nazaire. La première senteur qui a frappé mes narines de nourrisson, c'est l'odeur de la mer, et le parfum de goudron qui flotte dans tous les grands ports du monde.

Saint-Nazaire, c'est le port où, à la fin des *Sept Boules de cristal*, Tintin et le capitaine Haddock apprennent que leur ami Tournesol a été embarqué pour l'Amérique du Sud. Vent du large. Tempêtes.

Mais aussi, douceur de la Bretagne sud – il y a presque autant de palmiers, dans ce coin, que sur la Côte d'Azur.

Je suis un enfant du large.

Un enfant…

Enfant trouvé. Abandonné. Adopté.

J'ai tellement été entouré d'amour par mes parents adoptifs – et je le dis très haut : pour moi, il n'y en a pas d'autres – que je n'ai pas le droit de me plaindre. Pas le droit de dire une blessure. Blessure narcissique de celui qui arrive de nulle part. Blessure de la non-origine…

Longtemps je n'ai pas su. Pas su de quel ventre je sortais. Pas su pourquoi ma mère m'avait abandonné à la naissance.

Né sous X – que la fête commence…

S'ensuivirent huit mois d'incertitude.

Huit mois durant lesquels ma mère biologique a hésité : me récupérer ou m'abandonner… J'ai su plus tard, quand la loi, en 2002, m'a autorisé à prendre connaissance des documents relatifs à ma naissance, qu'elle avait cédé aux suggestions de sa propre mère – ma grand-mère –, qui ne voulait pas voir sa fille encombrée d'un lardon – pas bon pour les affaires… Et surtout pas de celui-là – père inavouable, violeur et quelque peu parent de ma mère…

Il y en a qui partent mieux dans la vie.

Et voilà, je n'avais plus de mère, plus même d'identité : juste deux prénoms attribués par la D.D.A.S.S.

Deux saints pour remplacer ceux que je ne téterai jamais…

Je n'en veux absolument pas à ma mère biologique. La décision a dû être difficile à prendre : à travers les documents que j'ai pu consulter, je la sens, je la vois hésiter, culpabiliser, argumenter – renoncer finalement.

La loi autorise les enfants nés sous X à prendre connaissance de leur dossier – en entier. On m'a montré les lettres, les photocopies, l'ensemble de ce petit tas de paperasses qui représentaient mon existence balbutiante. Je sais donc tout ce que je voulais savoir, et tout ce que je n'avais pas envie de savoir – mais cela, on ne le sait qu'une fois qu'on sait, si je puis ainsi m'exprimer. Alors, avis à toutes celles, tous ceux qui seraient tentés d'aller fouiller dans leurs origines. Il y a bien des raisons à l'abandon d'un enfant. Certaines, même, sont bonnes.

Mais il y en a d'atroces.

Je laisse ouvert le débat, quant à savoir si c'est ou non judicieux, et si la boue qui parfois remonte à la surface peut ou non éclabousser des gosses préservés par leurs parents adoptifs…

Dans une pièce que j'ai écrite il y a quelques années, aux jours les plus noirs , un personnage –

en quête d'auteurs de ses jours – révèle : « Tu vois, moi, quand j'entends le mot "pute", je n'ai pas qu'un frisson désagréable, j'ai dix fois plus. Comme des tremblements, comme des sueurs froides, comme des visions dégueulasses de mon passé. Quand j'entends le mot "pute", tu vois, j'entends le mot "maman" ».

Ce n'est en aucun cas une pièce autobiographique, mais disons que je me suis fortement inspiré des quelques documents mis à ma disposition lors de ma quête d'histoire. J'ai tenté par ces écrits de remettre toute ma vie en ordre.

Il m'arrive parfois de penser à elle, cette drôle de mère, cette personne sans visage qui par son histoire a sauvé la mienne. Pense-t-elle encore à moi ? Pour ma part, je n'éprouve pas le besoin de la rencontrer. Il me suffit de comprendre son geste, celui-là même qui m'a permis un avenir. Lorsque j'ai effectué ces recherches, ce n'est pas la curiosité d'une rencontre qui m'a poussé. Mais le manque. Non pas d'une mère, mais d'une histoire. Pourquoi suis-je ainsi fait ? Huit mois de vie et neuf mois de gestation dont je ne savais rien – et je voulais savoir.

Quand je pense que le scénario de *Plus belle la vie* impliquait, ai-je appris en débarquant en 2005, que je sois un orphelin dont la mère, Iris, avait été tuée... Il y a de ces coïncidences qui n'en sont peut-être pas. J'ai une double identité, et voilà qu'on m'en offrait une qui rappelait certains aspects d'une autre... Combien d'acteurs sont ainsi des Janus, à double face ? Les masques antiques de comédie sont souriants d'un côté, terrifiants de l'autre. On nous apprend que c'est pour jouer, alternativement, la tragédie ou la comédie. Et si c'était simplement pour montrer à tous qu'un comédien a (au moins) deux visages, le sien et celui qu'il emprunte – et que parfois ce dernier a plus de réalité que l'autre ?

Traumatisé ? Ce serait une excuse facile... En tout cas, j'ai gardé de cette mémoire indistincte de mes débuts la peur panique d'être abandonné.

Plus belle la vie, depuis cinq ans, c'est une famille qui m'a accepté, cajolé – adopté. Je vais d'une adoption à l'autre, sans jamais abandonner les précédentes.

Je me réinvente des familles. Des clans. Des nids.

Sans cesse.

Revenons sur l'année 1974. En novembre, je suis enfin placé dans une famille d'accueil. Chez Monique et Robert. Couple voué aux enfants comme moi. Nous sommes alors plusieurs orphelins à réclamer leur affection. Hasard ou coup de pouce du destin, ce couple habitait à 3 kilomètres du domicile de mes futurs parents adoptifs.

Mes parents avaient lancé une procédure d'adoption deux ans auparavant. Ma mère ne pouvant avoir d'enfants, ils avaient décidé d'en adopter un. Peu importe lequel pourvu qu'ils l'aiment. Ils avaient cet instinct légendaire de devenir parents. Ma mère, n'ayant pas pu me porter, me donnerait tout le reste.

J'évolue doucement mais sûrement. L'assistante sociale m'avouera plus tard que j'étais un enfant souriant, insouciant, heureux quoi ! Comme si j'avais voulu nier cet abandon. Ce manque. Huit mois durant, j'ai attendu l'amour, celui qui ne se tarit jamais. C'est la période décisive où on a besoin de tout l'amour du monde… Où l'on apprend l'usage de ses mains… On apprend à sourire aux visages qui vous donnent le biberon… On fait ses premières dents – dans la douleur… On a des angoisses, la nuit, et on pleure dans le noir… On apprend peut-être à marcher à quatre pattes… Pour aller où ?

De leur côté, mes parents attendaient impatiemment une décision de la D.D.A.S.S. Seront-ils à la hauteur ? Syndrome partagé avec les parents naturels. Seront-ils capables d'aimer un enfant déjà grand… Huit mois ! C'est grand pour un bébé. On a le temps de comprendre, le temps de ne plus vouloir. Ils se rassurent et poursuivent leur démarche. C'est sûr, ils seront à la hauteur. Ils ne m'auront pas conçu. La belle affaire, ils feront tout le reste.

Mes parents – les vrais, ceux qui sont encore là, qui ont toujours été là – ont été convoqués le 1er avril 1975. L'administration s'amuserait-elle à faire des farces aux futurs parents ? Si c'est un poisson d'avril, c'est de mauvais goût ! Et non, ce n'était en aucun cas une mauvaise blague, mais bel et bien l'arrivée officielle dans la famille Kérusoré !

Cela commence toujours par une adoption simple – c'est-à-dire que l'on peut à tout instant vous enlever l'enfant que vous vous êtes mis à aimer.

L'épée de Damoclès de l'administration reste alors suspendue au-dessus de leurs têtes. Si l'on soumettait les parents biologiques aux mêmes exigences que celles que l'on impose aux parents adoptifs, combien seraient jugés dignes de garder leurs enfants ?

Puis la D.D.A.S.S. de Nantes, après moult enquêtes et contrôles, a fini par se convaincre que France et André n'étaient pas les Thénardier, et que je ne serais pas une nouvelle Cosette. Et l'adoption est devenue « plénière » – ça y était, j'étais leur fils à eux !

« Laurent, m'a dit un jour ma mère, je t'ai désiré deux fois plus qu'une mère ordinaire – moi, je t'ai attendu deux ans… »

Ils sont l'un et l'autre de taille moyenne, plutôt bruns, l'un terriblement breton, l'autre excessivement belle. J'étais une grande pousse, très blond, tout frisé.

« J'ai craqué, m'a avoué dix fois ma mère. Et ton père aussi. »

En fait, ce fut encore plus beau. Ils se sont donc rendus chez Monique, la nourrice. Tout ce qu'ils avaient, c'était un prénom – le mien. Ils sont entrés, ils ont vu les bébés, et ils m'ont regardé – j'ai plaisir à croire que nous nous sommes regardés. « C'est lui ! », a dit ma mère sans qu'on ne lui dise rien. C'est comme dans les vraies histoires d'amour : on se reconnaît alors que l'on ne s'est jamais vus.

La loi était dure, mais c'était la loi : quand vous adoptiez, il fallait prévoir d'apporter avec vous le babygro : la D.D.A.S.S. vous donne l'enfant tout nu – bien heureux si on lui laisse la couche que la bonté de l'administration lui a collée sur les fesses !

Le mien était bleu ciel, avec des nuages blancs imprimés. « J'aime les nuages… Les nuages qui passent, là-bas… Les merveilleux nuages » – à cette époque, je ne connaissais pas encore Baudelaire, mais j'étais déjà… dans les nuages.

Le bleu est resté ma couleur préférée.

Nous avons fait une razzia chez Prénatal à Saint-Nazaire ! « Vêtir ceux qui sont nus »… Il y avait, dans la façon dont ils m'ont habillé, nourri, cajolé, quelque chose de religieux.

Bien sûr, de ces détails-là, je ne me souviens pas directement. Mais on me les a racontés tant et tant de fois – on m'a rejoué tant et tant de fois ce sauvetage inaugural, comme Moïse récupéré dans les eaux du Nil…

Sans pour autant faire de la psychologie de bazar, je crois que j'ai réellement eu deux naissances. Une beaucoup plus douloureuse que l'autre, vous l'avez compris. Je crois vraiment être à l'intersection du désordre et de l'ordre – le désordre de mes débuts, ballotté, transbahuté, et l'ordre qui m'a remis en place, remis en ordre. Dorénavant je suis Laurent Kérusoré, fils légitime de France et André. L'une employée de Banque et l'autre technicien à l'Equipement. Je vais pour le reste de ma vie durant être aimé et enfin appartenir à une famille, une vraie.

L'adoption est pour moi l'acte d'amour dans toute sa pureté et sa simplicité. Je m'explique : je n'essaie en aucun cas de minimiser l'amour porté aux enfants dits naturels, mais il y a dans l'adoption cette urgence d'amour, ce besoin d'être reconnu ! Au-delà de toute logique, une sorte de magie s'opère quand soudain l'enfant reçoit ce dont il a toujours eu besoin : de l'attention et de l'amour. Cette façon presque intuitive de s'accaparer les visages et les voix de ces désormais parents. L'éducation, les expériences et encore et toujours l'amour, feront qu'un jour il leur ressemblera trait pour trait. J'en suis la preuve vivante et je ne crois pas être le seul dans ce cas.

QU'EST-CE QU'IL EST GRAND LE PETIT !

Eté 1975. J'ai tout juste un an. On part en Austin Mini rouge rejoindre mes grands-parents paternels en Espagne. Ça devait être chouette. Peut-être ai-je contracté là le virus des voyages… ou l'amour du Midi : je m'épanouis au soleil. En passant, présentation obligatoire de bébé Laurent à toute la famille. (Nous en sommes revenus chargés de cadeaux – le petit Jésus était parti en voyage chez les Rois mages…)

J'ai marché vers 16 mois : je sais, ce n'est pas particulièrement précoce, mais depuis, j'ai couru…

Je me souviens qu'un jour, à l'aube, mon père ayant éteint la lumière, j'ai été profondément traumatisé en constatant que c'était encore l'obscurité. Comment aurais-je pu savoir que cela était simplement dû au changement d'heure ? Il m'a fallu quelques jours de questionnement pour enfin me sentir rassuré.

J'ai grandi vite. À deux ans, je mesurais 97 centimètres, d'après mon carnet de santé, pieusement conservé par ma mère.

On connaît la légende, que l'expérience confirme à peu près toujours : prenez la taille à deux ans, multipliez par deux, vous aurez la taille adulte. Eh bien, j'y suis : 97 (et des poussières) x 2 = 1,94 m – presque... 1,93 m ! Oui, il fait beau là-haut !

Ça n'a pas toujours joué en ma faveur : il y a des rôles que je n'ai pas décrochés à cause de ma taille. On n'aime pas trop les grands formats, en France. Rien d'étonnant à ce que je me sois identifié, tout gosse, aux grandes perches des films américains.

C'est en 1976 que maman a commencé à m'expliquer qu'à la différence des autres enfants que je fréquentais, je n'étais pas exactement sorti de son ventre. « Mais de toute façon, tu seras toujours notre fils, et nous t'aimerons toujours... » Je ne suis pas bien sûr d'avoir tout saisi de l'explication anatomique : la fin de la phrase me suffisait amplement.

A voir les nombreuses photos de mes premières années, on constate facilement mon bonheur. Nourri d'amour, d'eau fraîche et de beaucoup de nourritures. Je mangeais comme deux ! Normal, j'étais deux fois plus grand !

Vers 3 ou 4 ans, lors d'un pique-nique familial, je me goinfrais de viande. Ma grand-mère suggéra à ma mère de me surprendre un temps soit peu pour qu'enfin je cesse de m'empiffrer ! Sa brillante idée était de me faire goûter une merguez pour le moins épicée sur un morceau de pain tartiné de moutarde. D'un large sourire, j'ai tendu la main et j'ai englouti le mini sandwich surprise ! Ma grand-mère était prise à son propre piège. J'en ai redemandé tout le repas !

A l'époque, j'avais autant de plis que le bonhomme Michelin !

Jacqueline, ma nourrice, s'occupait parfaitement de moi quand mes parents travaillaient. Je suis resté d'ailleurs très proche d'elle et de sa famille. C'était l'époque où je découvrais le monde, la nature, la liberté. Liberté de rester des heures dans le cerisier à recréer mon monde – et à m'empiffrer de bigarreaux. Des kilos de cerises ! Jamais malade !

Ah, Jacqueline et ses goûters ! Je dévorais plusieurs « quatre heures » à la suite. D'abord avec les petits, puis avec les grands, et quand Jojo, son patriarche de mari, rentrait du boulot, j'avais droit à un morceau de lard dans du pain avec de la moutarde. Un délice !

Nourrissez-moi ! Faites de moi votre chouchou gastronomique ! Je vous le rendrai au centuple !

Oh, bien sûr, j'étais terriblement gaffeur. Ainsi, je me suis assis un jour sur un cactus – je ne sais quelle saleté rondouillarde, genre « coussin de belle-mère », avec des aiguilles en forme de hameçon, qui entrent dans la peau et n'en ressortent plus – pas naturellement, en tout cas.

Il y a eu une longue séance d'épilation, les fesses en l'air.

J'en vois qui rigolent, au fond !

Quelques années plus tard – j'étais en vacances à Dax –, j'ai saoulé un poulailler entier en donnant aux poules du pain imbibé de vin rouge. (Veuillez bien excuser ma bêtise, mais voir une poule complètement ivre, c'est à mourir de rire.) Un volatile croyait m'échapper, s'est réfugié tout au fond d'un trou : j'y ai mis la main pour l'attraper, et mes doigts se sont refermés sur... un nid de guêpes. Choc anaphylactique. Enorme allergie. Séjour express aux urgences.

Toute mon enfance est jalonnée d'énormes bêtises de ce genre. Quand nous partions, il fallait prévoir une trousse à pharmacie bien garnie, en prévision des inévitables blessures, égratignures, morsures de Laurent. Chutes de vélo. Dérapages sur les rochers mouillés par la marée descendante.

C'est dans ces années-là que nous sommes partis en vacances en Yougoslavie – puisqu'il y avait encore, pour pas longtemps, une Yougoslavie ! À l'époque, les enfants yougoslaves ne rentraient pas chez eux après l'école – l'Etat s'occupait d'eux à plein temps –, et leurs parents les voyaient rarement. Je me suis pour ainsi dire retrouvé seul gamin – enfant-roi – de la petite ville de la côte où nous étions descendus. Du coup, mes parents ont passé des vacances portes ouvertes.

J'étais déjà si sociable que j'ai, un matin, suivi deux pêcheurs qui voulaient m'offrir une limonade. Panique de mes parents qui, une heure durant, m'ont cherché partout !

C'est aussi durant ce séjour que, pour la première fois, j'ai vu mon sang – une écorchure comme s'en font tous les gosses. Je me rappelle encore ma panique : « Ça coule ! Mais tout mon sang va s'échapper... Si ça continue, je n'en aurai plus... » J'étais à la fois apeuré et en colère parce que je ne pouvais rien faire.

Eh non, je ne suis pas hémophile. Et toutes les blessures se referment.

Toutes ?

Yougoslavie toujours, les plages de Dalmatie sont grandes, les criques innombrables… Eh bien, je me suis débrouillé pour m'asseoir sur le seul rocher de cette côte plate colonisé par des guêpes en folie que je n'avais pas vues. Choc allergique et tutti quanti !

Une plaie, ce garçon !

Autre voyage, à Venise (ou était-ce le même, Venise étant sur la route de Trieste, et Trieste sur celle de la Yougoslavie ?), moins catastrophique celui-là. Les pigeons de la place Saint-Marc : les enfants peuvent jouer des heures durant au même jeu dont ils ne se lassent pas – au grand agacement des adultes. J'ai couru des heures durant après les pigeons qui s'enfuyaient au-dessus de la lagune.

Les pigeons, et les *gelati* – à m'en rendre malade…

En septembre 1977, à trois ans révolus, je suis entré à l'école maternelle à Savenay.

J'en avais très envie. D'ailleurs, j'avais fait des pieds et des mains pour y aller – j'aurais aussi bien pu me faire chouchouter un an de plus. Et quand j'y ai été, j'ai trépigné pour rester à la cantine. C'est qu'à la cantine, il y avait Mme L★★★…

C'était l'assistante maternelle. Mes boucles blondes me valaient un traitement de faveur. Elle me dispensait de sieste, en douce – j'étais déjà insomniaque. À la cantine, elle prenait le temps de me nourrir – je crois bien qu'il m'arrivait de prendre l'air désemparé juste pour qu'elle vienne s'occuper de moi. Si bien qu'un jour, mes parents ont voulu me reprendre, à midi, à je ne sais quelle occasion, et j'ai trépigné, pleuré, protesté : je voulais rester à l'école...

J'ai d'ailleurs toujours eu un tropisme pour les dames de la cantine – celles qu'à Marseille on appelle, je ne sais pourquoi, les « tatas ». A l'école de Prinquiau, plus tard, je vouai une admiration sans bornes à Andrée, chargée de la cantine. Nourrissez-moi, vous obtiendrez à peu près tout de moi.

Bien sûr, je n'avais pas exactement le physique de l'emploi. En maternelle, j'étais déjà plus grand que les « grands » du CP.

De trois à six ans (quand je suis entré chez les « grands »), j'ai usé mes fonds de culotte dans cette petite maternelle. Et je me suis fait des copines, des paquets de copines. Ma petite fiancée de l'époque – promis, je t'épouse quand je serai grand – s'appelait Magali.

Je riais tout le temps – comme si je rattrapais huit mois d'incertitudes. Je suis un enfant, mais j'ai un plaisir secondaire à *faire* l'enfant.

Comment ? Que dites-vous ? Que je le suis toujours ?

Peut-être…

Sinon, en classe, j'étais un grand feignant qui camouflait sa paresse derrière son sourire. Et, à l'occasion, je me faisais leader charismatique – et pas forcément pour le bien. « Je dis où, je dis quand, je dis comment » – et ils obéissaient ! Clyde Barrow mouflet ! Razzia sur les bonbecs !

Quand j'y pense, je me demande si je n'étais pas plus metteur en scène – déjà à six ou sept ans – que véritablement chef de bande. Comédien, certes – mais j'adore la fonction de régie. Je continue à dire où, quand et comment ! Dans la vie, j'usurpe un peu le rôle de metteur en scène, non pas pour commander, mais organiser. Mettre les choses en place comme je l'entends. Créer un ordre – pas forcément en donner.

Je n'étais pas un mauvais élève, mais déjà je choisissais mes matières. Le français ! Les récitations ! Luchini a raison aujourd'hui de réciter La Fontaine sur scène, tout comme les instits de mon enfance avaient raison de nous le faire apprendre.

En 1979, mon père nous a dessiné une nouvelle maison, et c'est ainsi que nous avons quitté Savenay, qui n'était pas une grosse bourgade, pour le village de Prinquiau, encore plus petit.

Un rêve : nous étions perdus au milieu des champs. Il y avait des animaux partout autour, et une ferme au bout du chemin, tenue par Guy et Anne-Marie – et Victor, le grand-père. Mon meilleur ami était un cheval de trait – un trait breton, une bête énorme sur le dos de laquelle, quand j'y montais, je devais faire le grand écart. Je courais dans la prairie avec ma chienne Mirza – un bâtard de chez bâtard, adorablement intelligente.

Les gens du village m'appelaient Mowgli : j'étais le prototype de l'enfant sauvage tel que l'a dépeint Truffaut – j'errais pieds nus et, si la mode l'avait permis, tout nu certainement. Je ne m'ennuyais jamais : la nature m'offrait un terrain de jeu idyllique.

J'étais dans le jardin d'Eden.

J'ai même, un jour, outrepassé les limites de mon tout petit monde, et j'ai fait une fugue – à six ans. Avec mon petit vélo rouge à roulettes et à jantes blanches – un classique ! –, j'avais dans l'idée de rejoindre, à Brest, mes grands-parents paternels.

Bien sûr, on m'a rattrapé juste au bout du chemin.

J'ai préparé mon prochain départ : chez Jacqueline, j'ai appris à faire du vélo sans roulettes. J'étais prêt pour le Tour de France !

Le lecteur outré par ma prétention voudra bien se rappeler que, dans ces années-là, c'était un Breton, Bernard Hinault, qui survolait les Alpes et les Pyrénées, et surclassait les autres coureurs. Toute la Bretagne faisait du vélo, à l'image de son héros. Moi comme les autres.

C'est à Prinquiau que je suis entré au cours préparatoire. C'était une école qui s'était arrêtée à l'époque de la guerre des boutons – tables tailladées, blouses grises, craies et tableaux noirs… Alors, grande gueule, oui, mais dans la cour : j'étais un petit garçon timide dès que j'entrais en classe. Lever la main, moi ? Jamais !

J'étais déjà au moins deux dans ma tête. Le petit enfant sauvage qui parlait aux arbres, et un môme ultra-sociable, de ceux que l'on appelle délurés. Oh non, je ne parlais pas en classe ! Mais dans la cour, j'avais un vrai auditoire – on aurait dit, autour de moi, un pow-wow indien, je ne sais quelles palabres africaines tenues par un grand petit sorcier blond. « Un vrai comédien ! », dit la maîtresse à ma mère. Chiche !

Hors la classe, ma vocation me prenait tout entier. Quand mes parents invitaient des amis à déjeuner, je réquisitionnais leurs enfants, je les organisais en troupe, nous improvisions des spectacles pour le plus grand amusement des grands – et le nôtre. Comment avez-vous dit ? Cabotin ? Mais non ! J'étais metteur en scène, je vivais dans une dimension particulière, celle où les arbres répondent aux enfants, où ils resserrent les branches pour mieux dissimuler aux adultes les cachettes des enfants, resserrent leurs racines pour mieux enfouir les trésors qu'on y a déposés. Les arbres furent mes premiers spectateurs – et je les entendais, lorsque j'avais fini, battre des feuilles...

Dorénavant, c'était à l'école que je m'ennuyais. J'étais comme le mauvais élève du poème de Prévert, à appeler l'oiseau-lyre qui viendrait me délivrer... « Et les vitres redeviennent sable / L'encre redevient eau / Les pupitres redeviennent arbres / La craie redevient falaise / le porte-plume redevient oiseau... »

Partir, déjà... Partir...

Je crois que j'ai doucement commencé à me sentir étranger. A côté de la plaque. Je parlais aux arbres. Aux oiseaux. Et même aux oiseaux morts.

J'ai très tôt fait montre d'une sensibilité un peu exacerbée – comme si c'était à vif dessous. Je faisais des tombes pour tous les animaux morts – les petits oiseaux fracassés par les tempêtes, mais aussi les insectes, les chats et les souris – sans distinction.

Quelle part de moi-même enterrais-je avec tous ces petits êtres si tôt partis ?

Entre-temps, à la maison, j'avais des rudiments de culture qui s'organisaient. Ma culture ? Ce fut d'abord musical : Brel, Brassens – et Dalida. « Le Plat pays » – en Bretagne ! –, « le Gorille » et « Bambino ». Dois-je chercher une partie de moi-même dans ces rengaines cumulées ? Les déchirements du grand Jacques, la faconde du vieux Georges, et la sentimentalité de Yolanda Gigliotti, de son vrai nom…

En vacances à Sète, nous sommes montés au cimetière du Py, dire un petit bonjour à l'ami de la famille, qui dort là-bas :

« Est-ce trop demander, sur mon petit lopin
Plantez, je vous en prie, une espèce de pin
Pin parasol de préférence
Qui saura prémunir contre l'insolation
Les bons amis venus faire sur ma concession
D'affectueuses révérences.

Et quand prenant ma butte en guise d'oreiller
Une ondine viendra gentiment sommeiller
Avec moins que rien de costume
J'en demande pardon par avance à Jésus

Si l'ombre de ma croix s'y couche un peu dessus
Pour un petit bonheur posthume... »

J'en demande pardon par avance à mes fans les plus jeunes. Je ne déteste pas Mika, bien au contraire, je l'adore. J'écoute à peu près de tout. Tout ce qui m'émoustille ! De Christophe Willem à Michael Bublé. Sans oublier le grand Bowie, etc. Et j'ai comme tout le monde écouté de bonnes grosses daubes commerciales. Pourtant mes racines musicales ne sont pas là.

Elles sont chez Brassens, Brel, Ferrat ou Barbara – la grande dame brune. J'ai fredonné des milliers de fois « À mourir pour mourir, je ne veux pas attendre / Et partir pour partir, j'ai choisi l'âge tendre... » J'ai chanté à tue-tête certains refrains d'Aznavour – « La Bohème », par exemple, et bien avant l'époque où je bouffais de la vache enragée sous les toits de Paris. Ou Greco (« Déshabillez-moi / Oui, mais pas tout de suite / Pas trop vite... »). Ou Piaf, Bécaud, Salvador. Il y a une chanson peu connue de Brassens qui s'intitule « le Moyenâgeux » – j'ai l'impression moi aussi d'être né avec un certain retard... Quelques décennies, au moins. Je suis comme Robert Dalban – le majordome dans *Les Tontons flingueurs* – qui adorait chanter Piaf et se mettait à sangloter comme un bébé, avec ses rides de tueur sympathique, dès qu'il entonnait « De l'autre côté d'la rue / Y'a une fille, une pauv' fille… » Eh bien, je ne suis pas loin de faire de même – « Non, rien de rien, non, je ne regrette rien… »

Ah ! Voulez-vous un fantasme, un vrai ? Ce serait de descendre le grand escalier des Folies-Bergère, de demander, comme Mistinguett : « L'ai-je bien descendu ? » – et d'entonner, comme Zizi, « Mon truc en plumes »…

Ça vous fait rire ? Rassurez-vous, moi aussi.

Pour compléter la parenthèse, je dois vous parler de ces films-cultes qui ont bercé non seulement mon enfance, mais ma vie tout entière.

Petit, j'avais le privilège de pouvoir regarder la télé. *Les Tontons flingueurs,* Lino (Ventura), Bernard (Blier), Jean (Lefebvre), Francis (Blanche), *Les Barbouzes* (plop ! plop ! – le bruit des flingues d'opérette équipés de silencieux qui font croire à chaque fois que l'on débouche un champagne éventé), le grand Lautner des années 1960… *Le Chat* de Pierre Granier-Deferre. Simone Signoret et Jean Gabin. Il y avait aussi le cinéma de Bertrand Blier.

Des flashes qui me restent dans la rétine…

Suis-je vraiment de mon temps ?

J'ai beaucoup de souvenirs aussi de toutes ces émissions qu'il y avait le samedi soir. Je me souviens particulièrement de « Champs-Elysées » animé par M. Drucker. J'ai des tonnes d'images dans la tête. Lorsqu'il y avait un invité que j'affectionnais particulièrement, je demandais expressément à mes parents de ne rien prévoir ce week-end-là sous des prétextes obscurs. Sachant pourquoi, mes parents respectaient alors mon envie et restaient sagement à la maison. Je ne ratais jamais les apparitions de Charles Aznavour et de Dalida.

Des étoiles pleins les yeux, j'étais satisfait, je planais, j'apprenais.

Il y avait de quoi planer ! Comme ils disaient à l'époque, c'était : « La boule au plafond ! » Imaginez un instant n'importe quel chanteur en vogue revêtir une de leurs tenues psychédéliques ?

Je n'ai que 35 ans, certes ! Mais je reste nostalgique de cette époque.

Donc, partir, disais-je. M'enfuir. Me fuir.

Ah, si seulement...

Fugue en « si » majeur.

Et la solution est venue par miracle, et par hasard. Je devais avoir 6 ou 7 ans. Un soir, à la télévision, j'ai vu une pièce avec Jacqueline Maillan. « La » Maillan, comme on disait. Je me suis tourné vers ma mère : « Elle a l'air de bien s'amuser, la dame… Je voudrais bien faire comme elle… »

J'ai commencé à écrire une pièce…

Je l'ai finie récemment – j'en parlerai plus loin. Parce qu'au fond, on écrit toujours la même pièce – à 7 ans comme à 30.

Je suis reparti en Espagne avec mes grands-parents paternels. L'un jouait du saxo dans un groupe flamenco – si ! L'autre dansait en faisant virevolter ses jupons. Pendant ce temps, le grand garnement blond vidait consciencieusement les verres de sangria : j'ai fini debout sur une table, et je dansais en serrant contre moi une chaise que j'appelais Magali…

Première cuite – première d'une assez longue série.

Ici, au risque de lasser le lecteur étourdi de tant d'amour, je vais risquer une longue parenthèse. Parce que j'ai quelque chose de vraiment important à dire :

Famille, je vous aime !

Mon grand-père paternel était donc saxophoniste. Il s'appelait François, mais tout le monde l'appelait Fanch. Il était issu d'une famille terriblement, totalement, bretonne : l'écouter parler, c'était boire du chouchen en mangeant du kouign amann... Breton, mais français aussi, et international, souvent – la musique le portait au-dessus des frontières. Ses frères étaient eux aussi des musiciens – trompette, guitare, et tout le bataclan. Tous les instruments possibles et inimaginables. Cuillères, verres, bout de bois et claquements de doigts. Mon père a été à bonne école. Il joue lui aussi d'une dizaine d'instruments.

Il y avait régulièrement de grandes soirées où toute la belle-famille se retrouvait chez mes grands-parents. C'était ce que l'on appelait à l'époque « faire la java ». On dansait, on chantait, sur des airs de tangos, de valses, de rythmes brésiliens. Mon Breton de grand-père était un amoureux des musiques sud-américaines.

Il y avait les cousins, les cousines. On se retrouvait tous autour d'une table, ma grand-mère Marie-Louise cuisinait pour vingt. De longs moments de pur bonheur. Nous, les gamins, nous endormions n'importe où. Contre une enceinte, sur les genoux des mamans, des mamies, des tantes. Ça buvait, ça fumait, ça riait... ça riait.

Et tout ce vacarme me rassurait. J'étais si fier d'être un Kérusoré ! D'être membre de cette famille un peu folle où tout le monde s'amusait ! J'en ai gardé une certaine addiction aux fêtes...

Je me souviens de tous ces Noëls avec Michèle, Patrice, mes cousines Delphine, Sandrine, et le petit dernier, Franck. Je me souviens de cette bonne humeur, de cette folie si douce et si enveloppante. Je me souviens que plus personne, passé le pas de la porte de mes grands-parents, n'avait d'âge.

Nous étions tous des mômes, les jeunes et les anciens. Je suis un peu nostalgique de ces moments d'intense sincérité, d'intense complicité. Il y avait dans l'air un respect fou pour nos aînés – prenez-en de la graine, les jeunes ! On aimait revenir sur des souvenirs de guerre, de rencontres, de bals que mon grand-père animait. Je me gorgeais de ces histoires qui n'étaient pas les miennes – en un sens, je m'y rattachais. D'autant que tout le monde les partageait avec moi, comme si j'étais un Kéru vrai de vrai !

Aujourd'hui c'est confirmé, je suis un vrai Kéru. Notre réputation aux alentours de Brest n'est plus à faire. Fort caractère, un peu grande gueule et une tendresse éparpillée au milieu du désordre ambiant.

Merci à mes parents et grands-parents pour cette éducation certes originale, mais si enrichissante.

En 1999, mon grand-père est parti jouer au grand bal céleste. Il m'a légué son saxophone, cet objet iconique dans notre famille, avec lequel il avait dû ramener à la maison l'argent indispensable, parfois…

Avec cet instrument, il m'a transmis l'amour de la musique, des voix, des émotions. C'est par lui que j'ai eu accès à des artistes qui n'étaient vraiment pas « de mon temps » – Bourvil ou Edith Piaf, par exemple. Merci à toi, l'artiste ! Pourtant, nous avons souvent été en conflit lui et moi, du genre que l'on appelle « conflit générationnel ». Mais de ce passé de fêtes et de fracas, il ne reste, dans ma mémoire, que le meilleur.

En 1982, c'est du côté d'Hendaye (Pyrénées-Atlantiques) que nous sommes partis en vacances (quand j'y pense, j'avais une chance extraordinaire de partir aussi souvent, de découvrir sans cesse de nouveaux horizons et des têtes nouvelles). Mon père me construisait des cabanes du tonnerre de Brest avec des bois flottés rejetés sur les immenses plages de Gironde. Il m'expliquait ses trouvailles, les objets rejetés par la mer – tous ces trésors usés par le sel et les vagues titillaient son imagination et la mienne. Nous inventions des rapports entre ces objets hétéroclites. Nous réinventions l'écologie.

En 1983, je suis parti en colonie de vacances, dans les Vosges. Pour la première et la dernière fois. Je suis malheureux, mais malheureux ! Moi qui adore déterminer les scénarios, je suis contraint, au nom de « l'esprit de groupe », de me plier à une discipline, d'entrer dans des jeux que je n'ai pas décidés. J'aime les autres, je suis éminemment sociable, mais j'ai aussi besoin de solitude – et en « colo »…

Est-ce un hasard ? Je me suis sérieusement blessé. Quand mes parents m'ont récupéré, j'étais dans un sale état – physique et psychologique.

Perplexe, André, mon père, m'amena voir un vieux médecin de campagne, réputé pour sa franchise et une certaine verdeur de langage. « T'as le sang tout pourri, mon gars ! Je m'en vais te guérir, moi ! Je vais te faire une piqûre – soit ça passe, soit ça casse… » Au fou ! Qu'est-ce qu'il me dit, celui-là ? Je ne veux pas mourir ! Pas pour une saloperie de coupure infectée !

C'était la première fois que j'en arrivais à des questions existentielles. Mourir, pour un gamin, c'est loin – c'est improbable. Mais là, j'en sentais soudain la possibilité – et je voulais vieillir, vieillir indéfiniment, mais pas mourir…

L'été d'après, en 1984, je suis reparti avec mes parents, sur la Costa del Sol. Flamenco à nouveau, jusqu'au bout de la nuit. Si j'en avais eu l'âge et la connaissance, je me serais pris pour Ava Gardner.

Il était temps que ma scolarité primaire s'achève. Elle commençait à être sérieusement perturbée – parce que j'étais perturbé.

Il y a eu aussi les vacances dans le Sud de la France. C'était sur les routes de jeunesse de mes parents – ils vivaient à Nice avant 1974, avant que j'entre dans leur vie. Nous avons parcouru les ruelles du vieux Nice – je suivais sans bien comprendre qu'ils marchaient sur les traces de leur passé, quand ils ne savaient pas encore qu'ils auraient, un jour, recours à l'adoption. Ils m'ont fait découvrir le pan bagnat – j'en consommais jusqu'à cinq par jour !

Je grandissais à vue d'œil…

Grandir, voilà une chose bien étrange pour un gamin comme moi. Grand, je l'étais par la taille. Mais le reste ?

J'avais eu très peur du docteur qui, parce que j'avais le sang « pourri », voulait m'amener à deux doigts de la mort… En février 1989, j'ai rencontré la Camarde, la Grande Faucheuse, pour la première fois. Marion, ma meilleure petite copine, la fille de 9 ans – de Roger et Dominique, la sœur de Maxime –, a été renversée par un chauffard. Tuée net.

J'ai été anéanti. J'ai compris d'un coup que nous ne vivions pas dans le monde, et que le monde était tout tissé de saloperies.

La mort vous fait vous sentir impuissant. On a sous les yeux un corps sans vie, qui ne rira plus jamais, qu'on voudrait ressusciter – et on ne peut pas. Impuissance impardonnable. C'est comme si on avait une part de responsabilité.

Marion... Je me souviens encore de son rire. Elle était blonde, avec une coupe au carré, des yeux bleus, rieurs.

Elle était ? Non, elle est – elle vit dans mes souvenirs. La vraie éternité, elle est là.

Cependant cet événement allait d'un seul coup me pousser vers cette autre phase si troublante qu'est l'adolescence.

Je partais définitivement vers des horizons beaucoup moins rassurants. Face à cette fatalité si injuste, j'étais contraint et forcé de signer la fin de mon enfance.

C'est pourtant si rassurant, l'enfance.

C'est court quand on y pense. A peine le temps de gambader, de parler et c'est déjà trop tard. La métaphore vous paraîtra certainement périlleuse, mais l'enfance, c'est un peu comme un lundi matin au moment où le réveil sonne. On donnerait alors n'importe quoi pour rester dans ce bon lit douillet. Mais la réalité fait face et te fout un grand coup de pied au cul ! L'enfance, c'est pareil. On est tellement bien dans le confort protecteur des parents que l'on n'a aucune envie d'aller voir ailleurs.

On t'apprend tout juste à tenir debout et voilà que maintenant tu dois voler de tes propres ailes. Incroyable ! On marche et on nous demande de voler ! Ils sont fous ces adultes !

Antoine de Saint-Exupéry écrivait : « Je remontais dans ma mémoire jusqu'à l'enfance, pour trouver le sentiment d'une protection souveraine. »

Je n'étais plus un enfant, il fallait que j'outrepasse ma peur pour pouvoir affronter le reste, tout le reste. Je savais pertinemment que mes parents seraient là, toujours là à veiller sur moi, mais je savais aussi que plus rien ne serait pareil. Je devais grandir, rattraper cette taille si imposante pour ce petit âge. Le cerveau d'un enfant dans un corps d'adulte !

En septembre, je dois rentrer en sixième et je mesure déjà 1,80 m ! Mon cerveau ne contrôle plus mes bras, je ressemble à un coton-tige mal dans son coton !

PEUT MIEUX FAIRE !

A partir de la sixième – au collège Saint-Exupéry, à Savenay –, ma scolarité, sans être chaotique, fut... personnelle. On connaît la courbe de Gauss, magnifique dos d'âne, on connaît moins la courbe de Laurent Kéru – toute en dents de scie... J'étais, une fois pour toutes, « bon en français ». Je devins « bon en langues ». La tchatche et la communication avant tout. Et c'était une époque où l'on faisait encore, sérieusement, des dictées et des rédactions.

La sixième ! Vaste sujet ! Je ne ressemble à rien ! Mes vêtements sont toujours trop courts et je ne sais jamais quoi faire de ces bras, ces si longs bras. Je me sens comme une mauvaise herbe sur une pelouse parfaitement taillée.

Je ne suis pas bon élève. Sur les bulletins scolaires, ma personnalité se résume en une phrase écrite noir sur blanc : Médiocre. Peut mieux faire.

Ah ! Ça, c'est sûr, on peut toujours mieux faire ! Il faut comprendre qu'on ne peut pas tout donner d'un coup. Même si on sait pertinemment que notre avenir en dépend. J'avais beaucoup trop à faire avec ce corps qui pourtant me servait de refuge.

Lorsque j'arrivais à la moyenne, je considérais que la mission était remplie : je ne voyais vraiment pas pourquoi je m'échinerais à avoir 12 plutôt que 10. De même, quand je décrochais enfin une très bonne note, je ne fichais plus rien pendant un mois – histoire de compenser, par quelques bulles bien méritées, un exploit qui, d'après moi, m'avait permis de montrer de quoi j'étais capable. A quoi ça sert de le montrer tout le temps ? (Exemple à ne pas suivre !) On obtient pas mal de moi avec des reproches – je suis un bon sujet pour la culpabilité. Alors, je me donne quelques bons coups de pied au cul, et je remonte la pente. Jusqu'à la prochaine dégringolade.

Les devoirs, ce n'était pas mon truc. Cela m'a valu quelques engueulades avec mon père à l'esprit très logique et mathématique ! Vous pensez ! J'avais beaucoup mieux à faire. A 6 ans comme à 13, j'étais constamment à courir les champs et les forêts. Comme Tom Sawyer, c'était mon Amérique.

J'étais nul en maths !

Lors des conseils de classe, le « nul en maths » était dit sur le ton qu'utilisaient autrefois les présidents des tribunaux quand ils vous annonçaient que vous auriez la tête tranchée. Condamné à mort ! Pire : condamné à la cancrerie. Tu es nul en maths, tu ne feras rien de ta vie. Je ne pouvais espérer prétendre à toute forme d'intelligence.

C'est vrai quand même qu'il y a une dictature des scientifiques ! Je serais né vingt ans avant, j'aurais été un bon élève – « bon en français ». Mais en cette fin des années 1980, avec la révolution informatique en cours, si tu n'es pas bon en maths, autant en finir tout de suite…

J'ai donc redoublé ma cinquième, et je suis resté nul en maths.

Souvenir ému, au passage, de Mme Marie B***, que j'ai eue en cinquième et en quatrième, et qui m'a fait aimer vraiment la langue et la littérature… D'un seul coup, le français ne se résumait plus seulement à des règles à connaître, mais, comme on dit, c'était « la langue de Molière ». Quand on y pense – eh, les jeunes, pensez-y ! –, ce n'est pas rien de parler la même langue que Molière (ou Racine, ou Edmond

Rostand). Elle a débloqué quelque chose en moi – un flux de mots qui avaient honte de sortir. Depuis, j'écris partout, sans cesse, de façon compulsive. Et je n'ai pas honte de montrer ce que j'écris – sans me prendre pour un écrivain. Elle m'a donné la parole.

Enseignants qui hésitez aujourd'hui à donner des « rédacs » à vos élèves, ne vous en faites pas : il ne peut en sortir que du bon ! Certains, paraît-il, hésitent, de peur de traumatiser ou d'humilier des gosses de moins en moins formés à écrire. Mais la parole, ça ne s'invente pas ! Ça ne se construit pas tout seul ! Ça s'apprend. C'est en développant mon imaginaire que j'ai pu faire face à la suprématie des maths et ainsi m'aiguiller vers le théâtre.

J'ai toujours aimé parler (je n'étais pas très sage en classe – toujours quelque chose à dire, et plutôt aux voisins qu'aux profs), j'ai toujours aimé écrire. Ces notes que je jette sur le papier, là, qu'en auraient pensé mes professeurs de collège ou de lycée ? Peut-être que j'y mets un peu trop de cœur, et pas assez de tête… On me le reprochait déjà à 14 ans !

Quant aux langues, j'aurais eu mauvaise grâce à ne pas me débrouiller. Mes parents avaient très tôt compris que le français est la plus belle langue du monde, soit, mais qu'une bonne partie de ce monde parle anglais. Ils m'expédièrent l'été, quatre années durant, perfectionner mon anglais du côté de Minneapolis : après la côte sauvage, les plages et les embruns, l'immensité de la plaine à blé – la *wheat belt* du Minnesota !

Je suis donc à peu près bilingue. Chose curieuse, je le suis surtout après minuit : c'est aux heures pâles de la nuit, après une fête plus intense que les autres, que la langue de Shakespeare (dans mon cas, plutôt celle de Mark Twain) refait surface. J'ai connu un bon nombre d'ivrognes dans ma vie, et quelques-uns d'origine étrangère : aussi maîtres du français fussent-ils, leur langue d'origine revenait, à partir d'un certain seuil d'imprégnation. Eh bien, moi, c'est juste le contraire : ce qui remonte à la surface, c'est l'anglais de mon adolescence, l'anglais parlé entre le Red Lake et Saint-Paul, celui parlé par les sportifs immortalisés à l'US Hockey Hall of Fame, celui parlé sur les pistes de Red Wing ou Lake City.

Bref, à ne fréquenter vraiment que le français et les langues, j'ai redoublé aussi ma troisième. Honte à moi ! D'accord, j'avais fait la première partie de ma scolarité cahin-caha... et je finirai par avoir le Brevet, mais redoubler, me retrouver – j'étais déjà très grand – avec les morveux qui montaient de quatrième...

De rage, j'ai pissé dans la boîte à lettres du prof de maths, que je rendais responsable de mon malheur, alors que je n'avais qu'à m'en prendre à moi-même. Si jamais il lit cela, qu'il sache que j'en suis moyennement fier...

Le seul domaine où j'ai fait de rapides progrès, c'est celui de la séduction. J'étais entouré de filles – parce que j'étais mignon, et que je trouvais les garçons stupides, juste comme les filles trouvent stupides les garçons pré-adolescents. Moi, elles m'adoraient : je laisse les psys amateurs y lire ou non la promesse de ma future homosexualité, je m'en fiche. A l'époque, j'étais éperdument hétéro !

Côté maths, ça ne va pas mieux – ça ne va même plus du tout. Mais enfin, qu'est-ce que c'est que cette dictature ! Je crois que ma nullité mathématique est, vraiment, l'expression d'une révolte réelle. Je le dis d'autant plus aisément que je suis devenu assez bon, en maths, en seconde – quand on a cessé d'en faire la pierre de touche de l'intelligence. Parce qu'enfin, tu peux être intelligent, mais sans esprit scientifique ! Qui t'oblige à être Blaise Pascal ? Est-ce que je demande, moi, aux matheux, s'ils savent parler, jouer la comédie – ou écrire ?

En attendant, je partais et repartais aux Etats-Unis pour perfectionner mon anglais. En fait de perfectionnement, la toute première fois, je baragouinais des « yes-yes » éperdus dès qu'on me demandait quelque chose (« Are you happy ? » « Yes-yes ! » « Are you unhappy ? » « Yes-yes ! »).

Les « States », ce fut une expérience merveilleuse : tout était (enfin) à ma taille. Les voitures. Les lits. Les chaises même – jusqu'aux marches d'escalier qui, en France, n'ont pas bougé depuis les années 1880, quand la taille moyenne des hommes était de 1,65 m. Voyages en jet privé, croisière, tour en montgolfière, limousine… La tête du petit Frenchie !

Je passais des mois de rêve, chez des gens riches mais très sympas. Bien sûr, à la fin, tout ce luxe me paraissait fade – mais ils étaient sensibles et aimants, et c'était tout ce qui importait.

C'est là que j'ai eu ma première émotion pour un garçon. Christopher était un blond aux yeux bleus – il était, en garçon, ce qu'étaient les nymphettes qui posaient jadis pour David Hamilton. Je n'ai pas même cherché à comprendre ce que j'éprouvais : il était beau, il me plaisait, c'était suffisant. Christopher !

Ce n'est pas allé plus loin que le bout de ma cervelle.

Septembre 1992. Je rentre en seconde littéraire avec l'option théâtre. Ouf, je suis sauvé, je m'envole vers la grande ville. Lycée La Colinière, à Nantes.

Des bâtiments blancs, ultras-modernes, sous les arbres. Des vitres souvent embuées, sur lesquelles nous écrivions des déclarations d'amour qui disparaissaient dès que la température extérieure remontait – et des filets d'eau, ou un coup de paume rageur, effaçaient nos cœurs dessinés, avec initiales entrelacées –, ou des affirmations parfois moins galantes : garnement un jour, garnement toujours.

Le fils de Souchon est passé par là, paraît-il : c'est un bahut qui s'enorgueillit de ses sections Lettres et Arts

De la même manière que j'aimais autrefois rester à la cantine de la maternelle, j'ai voulu m'inscrire en pension. Grosse erreur : j'étais mal, mal, et j'ai perdu 14 kilos. Une vraie allure de stock-fish (prononcer : stoque-fiche...), comme on dit à Marseille.

« Ah ? Il restait encore quelque chose autour du coton-tige ? »

« Ne vous en faites pas. Je n'en suis pas mort. »

A part cette erreur initiale, corrigée l'année suivante en prenant une chambre en ville (chez une bourgeoise acariâtre qui me faisait les gros yeux), ce furent des temps bénis. J'étais le seul garçon dans une classe de filles, et, à ce titre, leur mascotte. Très hétéro, de surcroît, même si, à la suite de ce Christopher américain, je sentais de temps en temps poindre des désirs interlopes. Interne, de surcroît – comme un début d'indépendance –, puis mes parents m'ont dégotté un petit appart' – là, c'était l'indépendance, la vraie. Sinon, si l'on veut bien imaginer le Laurent d'aujourd'hui, grand comme un jour sans pain, pas de barbe, bien sûr (la barbe, c'est Thomas), maigre comme un clou – une asperge nantaise poussée trop vite !

J'étais la coqueluche des filles, et j'en ai bien profité, à tous les niveaux et dans tous les sens du terme. Mais j'en reparlerai.

Je n'ai que de bons souvenirs de ces trois années de formation. Le collège m'avait dégrossi, sur le plan littéraire. Le lycée m'a donné des bases réelles. Molière, Musset, Marivaux. Huit heures de pratique et de théorie par semaine.

J'étais heureux, et les résultats ont suivi. Bien sûr, j'étais en section littéraire, mais j'ai quand même eu 17 de moyenne en maths. Je suis de ceux à qui il faut donner du bonheur si l'on veut qu'ils progressent.

Je suis surtout de ceux pour qui ça va mieux dès qu'on leur explique. Au collège, on me sommait de construire moi-même mes propres savoirs, comme on dit aujourd'hui, dans les matières scientifiques. Au lycée, c'était beaucoup plus frontal (« Voilà, ça se passe comme ça... »), et ça me convenait très bien. J'adore que l'on m'apprenne quelque chose. Bref, je suis devenu un bon élève.

Bien entendu, toutes ces heures de théâtre y étaient pour quelque chose. Molière, à hautes doses – c'est la base, et on n'en fait jamais assez. Je découvrais aussi d'autres auteurs comme Tennessee Williams – *La Descente d'Orphée* et le monologue de l'oiseau qui n'a pas de pattes –, *Croisades,* d'après Michel Azama – des bribes de vies gâchées, des échos de guerres immémoriales –, Bernard-Marie Koltés et *Dans la solitude des champs de coton, Quai Ouest.* On s'essayait à plusieurs rôles. Et, plus classique et tout aussi décoiffant, *Les Acteurs de bonne foi,* de Marivaux. J'ai encore dans l'oreille les échos de ma voix, encore juvénile, interprétant le rôle de Merlin, l'un de ces valets de comédie que Marivaux adore. C'était moi qui disais la première réplique :

« Oui, Monsieur tout sera prêt ; vous n'avez qu'à faire mettre la salle en état ; à trois heures après-midi, je vous garantis que je vous donnerai la comédie. »

Comme disait Rimbaud : « On n'est pas sérieux quand on a dix-sept ans. » Eh bien, je l'étais, et drôlement. Je vous jure que ça fait un petit quelque chose à l'estomac, quand c'est à vous de balancer la toute première réplique – quand c'est vous qui êtes chargé d'obtenir en trois secondes le silence dans une salle qui chahutait volontiers.

Après, dès la seconde réplique, on est lancé, on est dans le bain, tout va bien. Grand(e)s timides qui me lisez, n'hésitez pas : le théâtre vous donne le droit de ne pas être vous-même, et, en même temps, d'aller chercher au fond de vous-même les ressources qui vous permettent de vous jeter à l'eau.

Petite parenthèse à la scolarité, cet été là, en 1992, je suis parti en vacances chez Dédé et Suzy. Dédé est un cousin éloigné de mon grand-père paternel. Ils sont, tous les deux, âgés et amoureux comme des tourtereaux. Ils me narrent leurs voyages autour du monde – ils me les font si bien revivre que j'en reste bouche bée des heures durant. Je les prends assez vite comme seconds grands-parents de substitution, à la place de ces grands-parents maternels que je n'ai rencontrés que trop peu de fois dans toute mon existence – ils avaient construit une grande maison, en théorie pour y recevoir leurs enfants et leurs petits-enfants, mais quand nous arrivions, leur première phrase était, invariablement : « Alors, quand est-ce que vous partez ? » Gentils, mais maladroits. Je ne les ai vraiment rencontrés que dans ces années-là – ils habitaient du côté de Dijon.

L'année suivante, c'est sur un terrain qui appartenait à Dédé que je suis parti camper avec des copains. Première cuite réelle – concertée. Immédiatement suivie d'une seconde, puis d'une troisième. Quitte à braver l'interdit, autant le faire à doses massives.

Une cuite ça va, trois cuites, bonjour les dégâts ! Quelque chose en moi me pousse vers l'alcool – aujourd'hui encore, de temps en temps, le vieux démon vient me tenter. A croire parfois que Zola, qui pensait que l'alcoolisme se transmettait de père en fils, n'avait pas tout à fait tort – qu'est-ce que je sais au fond de mon père biologique, sinon que c'était un salaud ?

Retour en classe. Nous étions tous d'apprentis-comédiens. Je suis, je crois, un des rares à avoir persisté dans ce métier. Ce n'est pas pour autant qu'il faudrait mettre en cause l'existence d'une telle section : que serais-je sans ces années-lycée ?

Qu'on ne s'y trompe pas : j'étais un élève indompté, mais je suis un comédien rigoureux.

Encore un effet du dédoublement dont je parlais plus haut : je suis peut-être un fantaisiste dans la vie, déglingué parfois, incontrôlable souvent, mais service-service dans le travail. C'est que ce n'est pas moi qui suis sous l'œil de la caméra – c'est Thomas.

En cette année 1993, j'ai passé le permis – du premier coup ! Je n'étais pas peu fier ! Pour le coup, ça y était : j'étais prêt à partir...

Et l'année suivante, je suis entré dans une compagnie théâtrale d'amateurs éclairés, le Théâtre du Sillon, installée dans le village voisin de La Chapelle-Launay. C'étaient mes premiers pas hors institution scolaire, mes premiers pas aussi hors répertoire classique. Nous jouions quasi exclusivement du théâtre de boulevard – entre autres Marc Camoletti (l'auteur de l'inusable *Boeing-Boeing*). De lui, nous avons joué *La Bonne Adresse*. Et j'ai un souvenir très aigu des rires, qui montaient, perlaient, éclataient. Faire rire ! Quel bonheur...

J'étais profondément heureux, parmi des gens simples, qui ne se prenaient pas le chou en posant en théâtreux. Profondément heureux – donc rongé par je ne sais quel ver de l'insatisfaction, tant il est vrai que je me contente difficilement de ce que j'ai : ailleurs, me dis-je, l'herbe doit être plus verte.

C'est comme ça que l'on finit par faire de grosses bêtises…

J'ai fini par passer le Bac (section A3, Lettres et Arts – en l'occurrence, Théâtre). Nous donnions des représentations, et j'ai compris que c'était mon milieu : sur scène, puisque je suis autre, je peux totalement me donner au personnage, je n'ai pas d'incertitudes. Dans la vie, LAU RENT KE RU SO RE s'écrit parfois encore dans le désordre. Mais sur scène, SCAPIN, FIGARO ou OCTAVE (dans *Les Caprices de Marianne*) sont tous entiers en moi, ligne après ligne, réplique après réplique. Ils m'habitent entièrement – je suis libre d'être eux, puisqu'il m'arrive de ne pas être tout à fait moi. Ce qui me manque, ils me le confèrent superbement. Dédoublement un jour, dédoublement toujours.

LE PELERINAGE

Après le Bac, mes parents, qui voyaient bien que le théâtre était bien plus qu'un passe-temps, bien davantage qu'un caprice, m'ont suggéré d'aller à Paris continuer et approfondir mon apprentissage de comédien.

Paris ! C'est, pour un petit provincial hanté par l'envie de brûler les planches, ce qu'est La Mecque pour un Musulman : le but suprême, l'objectif dernier.

Si j'avais su qu'un beau matin de 2004, je fuirais la capitale avec bien plus d'ardeur que je n'y étais entré !

Ce sont mes parents qui ont trouvé l'Ecole des Enfants terribles – sans doute ont-ils pensé que le nom m'allait comme un gant.

Il m'a donc fallu apprendre le chemin de la rue des Couronnes, au fond du XXe arrondissement.

Apprendre les subtilités de la ligne n° 2 – on finit par savoir par cœur, quand on habite la capitale, à quelle hauteur du métro se situe la sortie, parce qu'on court toujours, emporté par le flot, le flux des gens qui courent sans savoir où ni pourquoi.

Mes rapports avec le théâtre venaient de loin. Je crois que c'est vers quatre ans que j'ai réalisé pour la première fois ce que c'était qu'un spectacle. J'ai raconté le choc de Jacqueline Maillan. A onze ans, mes parents avaient pris un abonnement à la maison de la culture de Loire-Atlantique. C'est là que j'ai vu jouer *Harold et Maude*, la pièce tirée du film de Hal Hashby (1971) par Colin Higgins en anglais, et Jean-Claude Carrière en français. Mise en scène de Jean-Louis Barrault, avec Madeleine Renaud, à l'origine. Quand je l'ai vue, c'était l'immense, la splendide Denise Grey qui interprétait la vieille dame qui recueille le jeune homme dépressif, suicidaire – et qui l'aime, au sens le plus fort du terme, et même au sens charnel. Denise Grey avait 92 ans, et elle était incroyablement brillante (elle a d'ailleurs reçu un Molière pour son interprétation). Elle avait passé un contrat avec le metteur en scène, Jean-Luc Tardieu : elle jouait, mais elle n'embrassait pas – comme dans le film de Téchiné... Elle avait recréé le rôle au

Théâtre Antoine, et était partie en tournée l'année suivante – j'avais 14 ou 15 ans, elle s'en allait gaillardement vers ses 93... Elle était sublime. La salle a croulé sous les applaudissements.

Je me suis retourné vers mes parents. J'avais les yeux pleins de larmes – après tout, elle venait de mourir sur scène. C'était ça, c'était exactement ça que je voulais faire. Jouer Harold et Maude (j'y pense toujours – tant que je suis encore assez jeune pour jouer Harold, et avant que je sois assez vieux pour jouer... Maude, comme une Sarah Bernhardt mâle et travestie).

Avec les Enfants terribles (en écho au film de Cocteau), j'ai vraiment plongé dans l'apprentissage de la scène, des mots, des émotions. J'ai plongé en moi-même, sommé que j'étais d'aller y trouver les ressources dont se nourriraient mes personnages.

Et c'est là que je dois parler de Béatrice Agenin.

Elle nous faisait cours de « classique » et, très vite, elle est devenue pour moi l'incarnation de tout ce que j'aimais – cette classe folle, ces cheveux blonds rejetés en arrière en deux coups de brosse, ses grandes bottes de cuir, et sa manie de s'habiller de haillons chics, de chiffons de luxe : elle paraissait marcher dans un halo. Elle venait de jouer dans un film intitulé *L'Irrésolu,* où apparaissait une jeune actrice promise à une belle carrière, Sandrine Kiberlain. Elle avait l'âge de mes femmes idéales, Caroline Cellier ou Marie-France Pisier. Cette quarantaine inlassable, inusable, qui semble, chez ces créatures d'exception, durer deux décennies, et parfois un peu plus.

Elle m'a séduit, et elle m'a fait trimer pour de bon. Bien sûr, j'allais de temps en temps prendre le thé chez elle, pour alimenter mon fantasme respectueux. On bossait les scènes présentées au Conservatoire. J'ai bossé Dom Juan, bossé Shakespeare ou Jean-Claude Grunberg *(Les Courtes)*. J'ai joué dans *Les Anthropomorphes,* une pièce écrite d'après *Les Immigrés,* de Jacques Kraemer. J'ai découvert Karl Valentin.

J'ai également joué *Cabaret,* toujours d'après le film de Bob Fosse, au théâtre de l'Ermitage, au fond de ce XXe arrondissement que je connaissais désormais comme ma poche. J'ai repris le rôle qu'avait créé Joël Grey, celui du Maître de cérémonie pour lequel il avait eu un Oscar. Je ne sais pas si ma performance en méritait autant, mais je me suis donné à fond – c'est bien le moins que l'on puisse faire, dans ce métier.

Un jour, m'a dit Béatrice, « je te verrai bien jouer Néron... » dans *Britannicus* de Racine.

Alors, pour lui plaire, j'ai appris le rôle – je le sais encore. Que le lecteur compatissant veuille bien m'imaginer, déclamant face à cette actrice qui était tout à la fois, pour moi, un modèle et une amante idéale :

« Excité d'un désir curieux,
Cette nuit je l'ai vue arriver en ces lieux,
Triste, levant au ciel ses yeux mouillés de larmes,
Qui brillaient au travers des flambeaux
et des armes,
Belle, sans ornements, dans le simple appareil
D'une beauté qu'on vient d'arracher
au sommeil... »

Bien sûr, elle n'était pas la seule enseignante extraordinaire des Enfants terribles. J'ai eu la chance, durant ces années de formation, d'être pris en main par des gens qui se donnaient tout entier à leur art, sans pour autant se prendre le chou avec des poses de théâtreux-prout-prout-ma-chère – l'univers du théâtre est gorgé de ces gens qui savent tout et ne savent rien.

Bref, j'ai bossé comme un fou. Appris des kilomètres de textes – et appris à les dire. C'est quelque chose, pour un comédien qui croyait avoir appris, en classe et un peu sur les planches, les rudiments du métier, de se remettre en cause totalement. De consentir à se refaire petit garçon. Repartir sans cesse à zéro.

Il n'est pas de malheur complet en ce monde. En 1995, Dédé est mort d'un cancer qui s'était sournoisement généralisé.

Et comme autrefois quand Marion avait disparu, je me suis senti perdu. Impuissant. J'ai eu peur pour les miens – bien plus que pour moi. Ce n'était pas à ma propre mortalité que je pensais, mais à cette chienne de vie qui rafle, l'une après l'autre, toutes les personnes que vous aimez.

J'ai promis à Suzy de ne pas l'abandonner. Elle habite aujourd'hui à Sanary, dans le Var – pas si loin que ça de Marseille.

Il fallait bien manger : j'ai fait mes premiers pas devant une caméra en 1996, pour un *soap* d'AB Productions qui s'intitulait *Le Miracle de l'amour*. Les théâtreux m'ont sermonné – et dix fois plutôt qu'une. « Laurent, tu ne peux pas accepter de prostituer ton talent dans cette misère… » Mais si, mais si, je peux ! Et je veux ! Et merci pour le talent !

Mon métier ne consiste pas à user, à vie, mes fonds de culotte sur les bancs d'une école. Je veux en faire mon métier, et en vivre.

Et j'ai été drôlement fier d'annoncer à mes parents que j'avais gagné, en un mois de tournage, l'équivalent de plusieurs mois de salaire. La vraie indépendance, elle est là – elle est financière.

Et j'ai rencontré mon premier garçon – le premier que j'ai connu bibliquement, comme on dit. Enfin, dans la Bible, on ne le dit pas trop, s'agissant de rapports amoureux entre hommes ! Vieilles malédictions…

Très vite, à Paris, je m'étais reconstitué une famille. Aux Enfants terribles, j'avais fait la connaissance de Brigitte et de Cathy. Elles étaient infirmières dans le civil, et Brigitte surtout a joué le rôle de la grande sœur que je n'avais pas eue.

Famille reconstituée encore. J'ai pris une colocation à Montreuil, rue Kléber, avec Pierre-Alain et Angela. Ce fut une complicité de chaque instant, qui alla même, en une occasion, jusqu'à l'osmose : un soir, après un défilé, je suis rentré à la maison les cheveux décolorés en blond platine. C'était soi-disant nécessaire pour la thématique du défilé en question. Puisqu'il en fallait un, il fallait bien que ce soit moi ! Arrivé sous la douche, je me suis rendu compte que mes cheveux partaient par touffes entières. J'ai commencé par hurler, insulter les responsables qui bien évidement ne se trouvaient pas tous réunis dans ma salle de bains, ensuite j'ai pleuré. Mes compagnons de toujours sont alors rentrés pour constater les dégâts. Après quelques arguments peu engageants, Pierre-Alain est sorti de la salle de bain et en est revenu muni d'une tondeuse. Il est fou ? Non, il ne l'était pas. Il s'est tondu la tête devant moi, ainsi qu'Angela. Ils m'ont alors tendu l'objet. Je n'avais alors plus le choix ! Ils s'étaient rasés la tête par solidarité ! Nous déambulions ainsi, dans Paris, le bonnet de laine vissé sur nos quasi-calvities, immanquables et remarquables.

Nous n'avions pas d'argent – le salaire unique du *Miracle de l'amour* avait une fin, comme toutes choses. C'est pour le coup que je pouvais entonner Aznavour, et en boucle. Qu'on veuille bien m'imaginer beuglant sous la douche, ou pour pallier l'absence de petit déjeuner :

« Dans les cafés voisins
Nous étions quelques-uns
Qui attendions la gloire
Et bien que miséreux
Avec le ventre creux
Nous ne cessions d'y croire
Et quand quelque bistro
Contre un bon repas chaud
Nous prenait une toile
Nous récitions des vers
Groupés autour du poêle
En oubliant l'hiver... »

Plus d'argent – et nous nous en fichions bien ! Il soufflait sur cet appartement un grand vent de liberté, qu'aucun sous-entendu sentimental ne venait gâcher : Pierre-Alain avait ses propres aventures, Angela les siennes, nous étions une sorte de fraternité triangulaire. Avec Cathy et Brigitte, ils étaient ma famille. Et ils ont toujours été là pour moi : au fond, j'avais sans doute davantage besoin d'eux qu'eux de moi – j'ai toujours été l'immature du groupe.

C'est durant cette période que j'ai enchaîné les petits boulots. Fleuriste d'un jour, serveur catastrophe... Je n'ai jamais duré dans ces jobs alimentaires.

Béatrice Agenin m'a préparé pour le Conservatoire, et j'ai passé le premier tour. Et puis je ne me suis pas rendu à la convocation suivante. C'était peut-être une bêtise, mais pour rien au monde, et malgré l'engueulade carabinée que ça m'a valu de la part de gens que j'aimais, je ne voulais me confondre avec les théâtreux dont j'avais l'impression que la « maison de Molière » était farcie.

En tant qu'ancien élève des Enfants terribles, je peux dire que l'on avait une sacrée chance de pouvoir disposer de cette petite scène. Les professeurs proposaient plusieurs spectacles par an, et je me souviens d'un en particulier. Jean-Pierre Malignon et Chantal Alves avaient eu l'autorisation d'adapter au théâtre le premier film de Pedro Almodovar, *Dans les ténèbres* – une histoire totalement déjantée où une chanteuse droguée, dont le copain vient de mourir d'une overdose, se réfugie dans un couvent de bonnes sœurs (qui s'appellent sœur Vipère, sœur Perdue ou Rat d'égout…).

Mon amie Brigitte se vit confier le rôle de l'abbesse – la Mère supérieure. Elle y fut tout simplement prodigieuse. Pour ma part, je jouais le rôle d'un curé défoncé, amoureux d'une sœur… Un rôle de composition, croyez-le bien !

Ce fut un succès prodigieux. La salle éclata en applaudissements, puis, trouvant sans doute que nous le méritions, nous fit une « standing ovation ». Moments rares, moments pour lesquels justement on choisit ce métier de galères perpétuelles.

Sophie Lemaître, mon agent, me dégottait cependant de petits rôles, et m'encourageait dans ma vocation.

C'est dans ces années 1998-1999 que j'ai joué *Tchékov aux éclats* (un montage de *La Noce* et du *Jubilé*), pour la compagnie Minus et Cortex de Julien Sibre et Stéphanie Hédin.

Merci à eux !

Nous sommes partis en tournée à Nantes – coucou chez moi ! –, à Nancy ou... à Neuilly.

Il y a une pub Carte Bleue où l'on voit un père financer en sous-main, grâce à sa carte Visa, les années de galère de son fils. Eh bien, j'en étais là : mes parents venaient aux spectacles – ils ont vu certaines pièces peut-être dix fois, et c'était pour eux, chaque fois, un émerveillement nouveau –, et ils finançaient mes galères.

En 2000-2001, j'ai à nouveau joué Marivaux (cette fois, c'était *Le Legs*). C'était aussi l'année où notre belle association de Montreuil a sombré, et où je me suis installé seul à Montmartre. Sur une colline, afin de mieux descendre au fond du trou.

La seule éclaircie de ces années d'errances, ce fut le tournage, à Tahiti, en 1999, d'une série intitulée *Les Perles du Pacifique*. Voilà que je partais au bout du monde, dans un paradis terrestre de surcroît, pour y exercer mon métier ! Cinq mois durant – il revenait moins cher à la production de nous loger et nourrir sur place plutôt que de nous faire revenir à Paris entre deux tournages. J'ai donc hanté le lagon et l'hôtel Méridien pendant des semaines, avant d'expliquer à la prod' que je préférais encore qu'ils me donnent ce que leur coûtait mon installation – et je me suis logé chez un copain rencontré là-bas.

À la fin du tournage, comme nous faisions la queue à l'aéroport de Papeete, les copains se sont moqué : « Hé, Laurent, c'est de ce côté, la file – tu n'as pas pris la bonne... » « Oh que si ! Rentrez à Paris si vous voulez, moi, je vais dire bonjour à Gauguin... »

Et à Brel. Je me suis envolé pour les Marquises, là où « par manque de brise, la vie s'immobilise »... Dans mes bagages, j'avais ma brosse à dents, mais pas d'appareil-photo. Surtout pas. On ne met pas les souvenirs en boîte – surtout que ce que j'allais chercher sur la tombe du grand Jacques, c'était une bonne part de mon enfance, un gros morceau de moi. Je partais apaiser mes violences intérieures.

Je n'ai pas tout calmé. Après ces mois de tournage, je suis resté près d'un an sans bosser. Je n'avais aucun doute sur ce que je voulais faire, même si je commençais à apprécier exactement ce qu'il peut y avoir de pourri dans mon royaume de paillettes, mais j'étais plein de doutes sur moi.

Alors, j'ai erré et dérivé. J'étais en déshérence amoureuse. Ma famille de Montreuil avait éclaté. J'étais en grande instabilité affective, et, pour couronner le tout, je ne supportais plus le « milieu » homo, qui a si fort tendance à se regrouper pour... s'enfermer.

D'instinct, je fuis les ghettos. J'ai appris, lors d'un séjour en Italie, que c'était un vieux mot vénitien pour désigner le quartier juif de la Cité des Doges – le quartier dans lequel ils étaient obligés de se loger. Mais qu'est-ce qui oblige les acteurs à ne fréquenter que des acteurs ? Qu'est-ce qui oblige les pédés à ne fréquenter que des pédés ? Comme disait l'oncle Georges :

« Le pluriel ne vaut rien à l'homme et sitôt qu'on
Est plus de quatre on est une bande de cons... »

C'est alors que j'ai vécu une vie lamentable de fêtes perpétuelles, de nouba systématique. L'alcool. J'osais tout, je pouvais tout – sauf que ce « je »-là, ce n'était pas moi. Et plus « Je » avait des impressions de surpuissance, plus « Moi » sombrait – toujours plus bas, plus bas, plus…

Très bas, même. Il y a de petits matins blêmes où, lorsqu'on sort de boîte et que l'on passe rue de la Vieille-Lanterne, à l'endroit même où s'est pendu Gérard de Nerval, on a parfois en tête des idées étranges et définitives. Ce qui n'arrangeait en rien mon état mental, au contraire, mes pulsions destructrices étaient de plus en plus présentes.

Les mois suivants – l'année 2003 tout entière – sont comme brouillés dans mon souvenir, comme une photo définitivement floue. Alors, mon compagnon de l'époque était là, bien sûr – le mauvais ange… je ne l'accable pas, au contraire, je lui dois mon départ pour le sud.

Dans *Pierrot le fou,* Godard filme pendant une bonne minute Anna Karina se baladant le long de la plage, et répétant, *ad libitum* : « Qu'est-ce que j'peux faire ? J'sais pas quoi faire… » A l'écran, une minute, c'est très long. Dans la vie, un an, c'est interminable – quand on ne sait plus quoi faire.

Alors, partir…

Une discussion avec Marcel le clodo… Une cigarette échangée – coupée en deux, parce que je crois bien que c'était la dernière…

« Une dernière cigarette ? Un petit cognac ? » C'est ce que l'on proposait aux condamnés à mort.

J'ai choisi la vie.

IT'S NOW OR NEVER... COMME DISAIT ELVIS !

Mars 2004

Je pars...

Ça ressemble au début d'une chanson de Nicolas Peyrac... Mais en ce mois de mars 2004, il s'agit moins pour moi d'un départ vers d'autres horizons que d'une fuite. Fuir Paris – Paris qui me dévore, me dissèque, me digère. Déjà que je ne suis plus qu'un grand clou d'un mètre quatre-vingt-treize, dont il ne reste presque que les os et la crinière, si je demeure encore ici, il ne restera plus rien – même plus mes yeux pour pleurer. Alors, je pars...

À cette date, je ne suis pour ainsi dire plus rien. Quelques cachets par ci par là, des essais, des bouts d'essais. Des centaines de castings passés. On vous rappelle, Laurent ! Qu'il disait. J'étais le roi de l'option. Une option, c'est quand on arrive dans le peloton de tête. Alors on nous rappelle. C'est à ce stade là que les choses se gâtaient pour moi. Le casting ou le réalisateur, suivant le support, était beaucoup plus regardant et découvrait alors ma taille réelle. 1,93 m ! Mais c'est infilmable ça ! Voilà ce que j'entendais. Sinon, j'ai été livreur de fleurs, je livrais les grands-mères vers midi, comme ça, je leur tenais compagnie pendant ma pause déjeuner. Barman un jour. Veilleur de nuit le lendemain. Nettoyeur de chantiers – si, ça existe !

Tous les petits boulots de la débine et de la combine.

Et, dans une poste bien parisienne, guichetier bordélique, traumatisé devant la technologie. Je n'y comprenais strictement rien. Quelques collègues me sauvaient la mise. Il fallait bien payer le loyer. Mes parents m'aidaient beaucoup à l'époque. Je devrais dire, travaillaient beaucoup pour me permettre d'assouvir cette passion qui devenait de plus en plus oppressante. Peur de réussir ou peur de ne pas être finalement à la hauteur ?

Etais-je venu à Paris pour ça ?

En ce mois de mars 2004, je suis serveur dans un bar branché pour bobos en goguette, quelque part dans le Quartier latin. Serveur maladroit. Pas assez servile. Je me perds. Je me noie. Paris m'avale. Je m'y dissous. J'y perds mon âme. Que restera-t-il de Laurent Kérusoré si je continue ainsi ? Une vague trace dans la mémoire de quelques noctambules, un regret pour quelques théâtreux – mes amis de l'Ecole de théâtre des Enfants terribles, tout au bout de la rue des Couronnes. Sinon… juste le désespoir de mes parents. Je ne laisserai rien derrière moi. Ni regrets, ni fleurs, ni couronnes.

Alors, partir…

Je me suis réveillé vers huit heures, la bouche pâteuse, goudronnée par la dernière cigarette fumée hier soir, tard, si tard, sur un banc de la place des Abbesses, à deux pas de la rue Garreau où j'habite. Une clope partagée avec Dédé, un clodo bien parisien – un qui se refuse à être appelé S.D.F. Quelques bouffées partagées, vautré plutôt qu'assis, avec ces jambes interminables que je ne sais jamais où mettre, tant elles dépassent partout. Qu'est-ce que je fichais là…

Deux épaves…

Partir, oui, partir. « Fuir, là-bas, fuir », dit le Poète.

La bouche pâteuse…

Je suis las de ce monde ancien, comme Apollinaire.

Des morceaux de poèmes, des bribes de théâtre, sans cesse tournent dans ma mémoire. Je veux jouer, interpréter, me dépasser. Au lieu de ça, je stagne dans une ville devenue tueuse !

Vers midi, j'ai appelé mes parents. « Le téléphone pleure », chantait Cloclo. Eh bien, ce jour-là, mon téléphone pleurait – à gros bouillons. « Je pars… » Ils auraient bien aimé que je revienne en Bretagne, mais revenir là-bas, c'était repartir en arrière – c'était renoncer. On se noie dans le giron familial aussi bien que dans l'alcool ou la dope.

J'étais comme un puzzle dans lequel on aurait donné un grand coup de poing. Toutes les pièces ont volé, à droite, à gauche. Il fallait que je me recompose, que je retrouve le fil – que je rassemble les morceaux. LAU KE RENT SO RU RE. Remettre de l'ordre dans ma vie – ne pas renoncer à redevenir moi-même.

Un copain qui fait de la plongée m'a expliqué un jour : « Tu touches le fond, et là, tu donnes un grand coup de talon pour remonter… » J'en étais là – je touchais le fond. Et Paris me happait. J'étais prisonnier de mon propre vase !

Tentation de se laisser aller…

J'ai donné ce grand coup de talon, et huit jours plus tard, je partais pour Aix-en-Provence. *Go south, young man* !

Les voyages, paraît-il, forment la jeunesse. Celui-là m'a permis de revenir sur la mienne.

En ce mois de mars 2004, j'ai trente ans – ou plutôt, je les aurai dans quatre mois, Lion que je suis, et ascendant Lion ! Trente ans à me chercher – au risque de me dissoudre. Mes parents m'ont donné trente ans d'amour – et moi, que leur ai-je donné, en retour ? Des inquiétudes ? Des angoisses ?

Pas des déceptions, parce qu'ils m'ont soutenu sans cesse, qu'ils ne m'ont jamais rien reproché…

Et pourtant !

Je n'ai mis que huit jours pour organiser ma fuite. Huit jours pour liquider mon studio de Montmartre. Huit jours encore à prendre le métro à la place des Abbesses – le très long escalier en colimaçon, décoré de fresques colorées, sur les cent mètres de descente dans les entrailles de la butte Montmartre… Huit jours à rentrer dans ce qui était encore « chez moi », à fouler les pavés inégaux des rues minuscules et tortueuses au bas du Sacré-Cœur – en me disant : « Encore trois jours ! Encore deux jours ! Laurent, c'est la dernière fois que tu passes rue Durantin… »

Et puis, enfin, le départ.

Mars… Il faisait un temps à giboulées. Glacé.

Allons ! Non, rien de rien, non, je ne regrette rien…

Je suis donc arrivé à Aix-en-Provence, au printemps 2004. À Paris, l'hiver se perpétuait. Ici, c'était presque déjà l'été – les mimosas déjà se fanaient, les roses s'ouvraient. Je respirais le soleil et le vent. « Jeune homme bien de sa personne, échangerait petite bise parisienne pour un grand coup de mistral ! »

Le Mistral déjà me guettait !

Mais il n'y a pas eu de coup de baguette magique – pas tout de suite : de mars à décembre, je me suis prouvé que je pouvais descendre encore plus bas. Que je pouvais boire davantage. M'exploser la tête avec des mirages licites, et illicites.

Mon compagnon, avec qui j'étais descendu, et avec qui je logeais, a cru ingénieux, à cette période de ma vie, de me tromper… avec un copain.

Je me suis retrouvé à la rue, récupéré finalement par la maman de sa meilleure amie. Il n'y a que des femmes pour tendre ainsi la main sans rien demander en échange.

Des copains m'ont hébergé ensuite dans un grand appartement. Puis j'ai trouvé un petit appart', chemin de Bibemus – en latin, ça signifie « nous buvons », et ça, pour boire, je buvais ! J'errais – d'une méga-teuf à l'autre. Bien explosé. RENT SO RE LAU KE RU… Le puzzle se dissociait davantage.

J'avais repris les petits boulots. Je déchargeais des camions. Je vendais des fringues à des bourgeoises frénétiques qui dévalisaient le magasin, le lendemain je voyais les maris tout ramener car leur gros 4x4 n'était toujours pas payé !

Je traînais dans des bars – discothèque, et apéros musicaux – pour m'assourdir jusqu'à ce que je ne m'entende plus…

Mes parents me téléphonaient, souvent. « Rentre ! Reviens ! » Papa avait un début de cancer. Je pensais parfois que c'était ma faute, à force de se faire, comme on dit, de la bile… Un peu de culpabilité… rosé, mon beau rosé…

Heureusement, il y avait les potes. Pierre-Alain et son compagnon Christophe, Brigitte, Cathy, Julia, Stéphane. « Non, je n'ai rien oublié ! » Merci à vous, pour tous ces mois de galère où je faisais de mon mieux pour toucher le fond. J'étais sympa avec tout le monde – sympa à en crever. Dévoré par un sentiment d'incomplétude, si je puis dire – et si je ne peux pas, je le dis quand même ! Un grand squelette auquel manquait la chair – et des bouts de cerveau.

En décembre, j'ai été appelé par le casting de *Plus belle la vie*.

J'ai refusé, initialement. Quand j'y repense...

Ils ont insisté. Ils ont bien fait. J'étais au bout du bout, et ils m'ont permis de tenir – tenir encore.

Je suis arrivé à Marseille par la porte d'Aix – cet arc de triomphe qui pourrait bien, un jour, signifier quelque chose pour moi. J'ai fait des essais, concluants. Six mois plus tard, j'étais Thomas – barbe comprise.

Et cinq ans plus tard, elle n'a pas davantage poussé. C'est ça aussi, la magie du cinéma : les poils restent toujours taillés de la même manière – le temps s'arrête.

Je n'ai pas changé de vie par un coup de baguette de la télévision, non ! J'ai galéré encore. Enfin un boulot d'acteur ! Mais mon processus de perdition était bel et bien lancé. Ce rôle me maintenait à flot et, en même temps, me donnait un beau prétexte pour prendre, de temps à autre, de « grosses récrés ».

Puis il y a eu F.

Ne me demandez pas son nom – je ne répondrai qu'en présence de mon avocat !

Ma copine Nini m'avait invité à Cassis. « Il faut que je te fasse rencontrer quelqu'un » – tous les célibataires ont été, un jour ou l'autre, confrontés aux bonnes intentions de leurs amis, chez lesquels se dissimule toujours peu ou prou un entremetteur ou une entremetteuse.

Il n'y avait que des mecs dans cette soirée : Nini avait apparemment pas mal de gens à faire rencontrer à une foule d'autres. Eh bien, dans cette foule, je suis allé vers un type, d'emblée : « C'est toi ? »

C'était lui.

Je n'aurais pas pu m'inventer un ami aussi peu ressemblant. Il est coiffeur-coloriste – le meilleur, forcément, mieux même que Rodolphe à Paris : il est la star des pigments naturels, qui n'agressent pas le cheveu. Ni alcool, ni tabac, avant que je le connaisse – alors que je fréquente encore la dive bouteille, que je coupe mes repas, au restau, par une pause salutaire pour me goudronner encore un peu plus les poumons, et que… Ajoutez à cela qu'il mange bio, à en être presque végétarien…

Bref, à mon : « C'est toi ? », il a répondu en prenant la fuite. Je t'aime, je te fuis – classique. J'en suis resté tout déconfit. Mais il était entré dans ma rétine. J'ai pensé à lui, quinze jours durant.

Je bronzais dans les calanques de Marseilleveyre quand j'ai reçu un coup de fil. Voilà, lui aussi, depuis quinze jours, il y pensait sans cesse…

Depuis, nous avons lié nos vies. Pour le meilleur – il n'y a pas encore eu de « pire ».

Alors le puzzle s'est doucement remis en place. LAU KE RENT SO RU RE, LAU RENT KE SO RU RE, LAU RENT KE SO RU RE, LAU RENT KE RU SO RE. C'est moi. C'est bien moi. Trente-quatre ans et toutes mes dents.

J'ai donné le coup de talon, et je suis remonté à la surface.

Grâce à lui, j'ai pu enfin me donner le courage d'arrêter toutes ces conneries qui finalement ne menaient à rien. Il a su déceler en moi un potentiel de sérénité. Qui l'eût cru ? Moi, l'homme aux mille visages, celui qui la nuit pensait que tous les chats sont gris. Erreur ! Grossière erreur. Merci à lui de supporter ce passé souvent présent, d'accepter de partager sa vie avec cet autre… Thomas.

Je suis désolé de constater qu'il m'a fallu rencontrer quelqu'un pour que j'apprenne enfin à boire. D'abord, en buvant de très bonnes choses, et pas du grand n'importe quoi en grandes quantités. Découvrir la sensation d'un grand vin – ça commence à se savoir, et j'ai des admirateurs attentionnés qui m'expédient au studio de la Belle-de-Mai des caisses de mes vins préférés, Médoc et haut-Médoc (mais je ne cracherais pas sur un Nuits-Saint-Georges, un Vosne-Romanée ou un Romanée-Conti...). Puis en apprenant à manger en même temps. Bref, je lui dois de m'avoir affiné – raffiné.

Il est temps pour moi de vous parler de cette sexualité imparfaite ! Je dis imparfaite car j'avoue qu'il aurait été plus simple pour tout le monde que je sois hétéro ! Je m'explique : je n'aurais pas eu ce conflit avec mes parents, j'aurais déjà assouvi mon désir d'être père, et mes parents celui d'être grands-parents. Je n'aurais pas subi toutes ces insultes ravageuses, j'aurais pu m'afficher simplement main dans la main avec l'être aimé. Pourtant, il a bien fallu que j'assume. Et étrangement, il n'y a rien de plus simple, en partant du principe que chacun devait s'occuper de ses affaires, il n'y avait donc aucune raison pour que je m'en fasse. Dorénavant, je suis un homo... comme ils disent !

Et non, pas comme ils disent ! Aujourd'hui, on est passé à du « haut de gamme ». Maintenant c'est pédé ! Raffiné ! Si je devais passer mon temps à insulter les gens sous prétexte qu'ils n'ont pas la même sexualité que moi, je n'oserais même plus sortir dans la rue, de peur d'être traité d'intolérant ! ! !

Ah, les donneurs d'étiquettes ! C'est pire peut-être que les donneurs de leçons !

J'ai été strictement hétéro jusqu'à 23 ans – le 29 janvier de l'année de mes 23 ans. Jusque-là, mes hommes s'appelaient... Sarah, Lou, Ingrid (ah, Ingrid...), Hélène, Nina, Christelle, Isabelle, Eloïse – parmi tant d'autres.

J'adore les filles – et je crois qu'elles m'aiment aussi. Mais, curieusement, si je leur plais physiquement, elles ne le disent pas – pas aussi ouvertement que les hommes. « Tu es beau » est une phrase que j'entends plutôt dans la bouche des garçons.

Et longtemps j'ai rêvé de tomber amoureux d'une femme...

« Ô toi que j'eusse aimée ! », chantait Baudelaire...

La femme de mon fantasme est très précise. Une quarantaine d'années (dans mon rêve, c'est quelqu'un de nettement plus âgé que moi, qui me suis arrêté à vingt ans, peut-être avant). Elle a la classe toute bourgeoise de Caroline Cellier, telle qu'elle apparaît dans *Le Zèbre* ou dans *Farinelli* (ou, plus encore, dans *Poker,* un film superbe de Catherine Corsini, à l'atmosphère enfumée), ou de Marie-France Pisier dans *Les Nanas* – où elle avait pourtant de la concurrence, mais qu'elle éclaboussait de sa classe. Bref, une fille bien proportionnée, élégante, plutôt petite – je suis assez grand pour deux.

Elle porte une jupe droite, courte, des collants et des escarpins.

Nous parlons tous les deux, longuement – dans un bar, un restau, je ne sais pas. Tout en discutant, elle ôte tranquillement ses chaussures – j'adore l'idée de voir ses pieds gainés de nylon, sous la table, en me baissant par hasard…

Etonnant non ? Comme aurait dit Desproges ! Et pourtant c'est une réalité !

J'avoue ! Il y a bien un homme aussi dans mes fantasmes…

C'est Pascal Greggory. Tout le monde connaît cet acteur de théâtre et de cinéma, qui a notamment joué pour Patrice Chéreau, dont il fut l'égérie – aussi bien au théâtre (de *Hamlet* à *Phèdre* en passant par *Dans la solitude des champs de coton*) qu'au cinéma (*La Reine Margot*, *Son frère, Gabrielle*). J'ai beaucoup aimé les photos qu'a fait de lui François-Marie Banier (une, en particulier, en noir et blanc, enrichie d'encres de toutes les couleurs, graffitée de mots d'amour). J'ai gardé un souvenir ébloui de cet homme entrevu un soir au théâtre. De ce visage émacié, creusé, comme travaillé d'une tension intérieure, au regard intense…

Donc il y eut aussi des hommes – pas tant que ça, en fait, et bien moins que de filles.

Je n'étais pas doué pour la drague. Avec les filles c'était beaucoup plus simple, et sain aussi ! Je n'arrivais pas à me dire qu'il fallait obligatoirement sortir dans une boîte enfumée, blindée de monde, tous comme moi, pour que je puisse espérer rencontrer l'être aimé. En fait, je crois que je n'aime pas les ghettos. Pas même la Gay Pride, à moins qu'elle soit exclusivement festive ! A quoi bon s'exhiber derrière une bannière, comme si on se résumait à cette bannière ? On est toujours un peu plus complexe qu'une idée reçue, non ? Je n'ai pas, par ailleurs, l'hypocrisie toute anglo-saxonne du « don't say, don't ask » – ne rien dire, ne rien demander. Si on m'interroge, je ne cache rien – mais je ne revendique rien non plus. Je ne me sens pas membre d'une « communauté » – et en même temps, je ne laisserai personne cracher sur ceux qui ont fait tel ou tel choix de vie.

Je sais qu'il est simple pour moi aujourd'hui de pouvoir penser comme cela. Je sais aussi que c'est grâce à des gens qui se sont battus pour que l'homosexualité ne soit plus un délit. C'est grâce à ces gens-là que je peux faire mon homo gâté et exprimer cette non-appartenance à ce groupe. Je pense tout simplement qu'en ne soulignant pas la différence, on incite les gens à s'occuper de leurs fesses !

MARSEILLE !

Salvador Dali prétendait que le centre du monde, c'était (avec l'accent) la garrre de Perrrpignan...

Galéjade ! Tout le monde, à Marseille, sait que le centre du monde, c'est la Canebière, et que la Bonne Mère veille sur ce centre-là.

Comment ça, vous n'y croyez pas ? Je présume qu'il y a à Marseille, comme ailleurs, des agnostiques et des athées. Mais tous, catholiques, protestants, juifs, musulmans et libres-penseurs, se savent protégés par la statue dorée installée au plus haut de Notre-Dame-de-la-Garde : si elle ne les protégeait pas, hein, pourquoi elle s'appellerait comme ça ?

Comment dites-vous ? Chauvins, les Marseillais ?

Vous n'avez rien compris. Ils se contentent d'être marseillais.

On m'a demandé un jour de commenter une photo de Patrick Nosetto, pour un numéro hors série de *La*

Provence, « Marseille, si belle... » La photo représentait une vue du vieux port, ses bateaux, ses immeubles, avec juste ce qu'il fallait de nuages pour donner de la profondeur à ce ciel imperturbable. J'ai commenté en écrivant ceci : « Même les nuages ne peuvent assombrir cette ville ! Un seul rayon suffit pour qu'elle s'illumine. Les hommes lui donnent sa grandeur, la mer lui offre ses couleurs. Chapeau ! »

Trop peu de gens le savent – même à Marseille – : les deux forts qui contrôlent l'entrée du port avaient aux XVIIe et XVIIIe siècles une bonne partie de leurs canons tournés vers la ville, tant les rois de France craignaient les insurrections marseillaises. C'est une ville qu'un rien révolutionne – après tout, si la *Marseillaise,* chant de guerre et de reconquête, est devenu chant national, ce n'est pas tout à fait par hasard : c'est une ville qui va volontiers à la chicane. Il n'y a pas qu'à Toulouse qu'on « se traite de cons à peine qu'on se traite », il n'y a pas qu'à Toulouse que « même les mémés aiment la castagne », comme chantait si bien Nougaro. Alors, bien sûr, tout est exacerbé – le pire et le meilleur. Mais au moins, on est constamment vivant. Sans forcément être dans l'illusion : mieux que partout ailleurs, on sait que nous ne sommes ici que de passage, et que nous finirons tous au cimetière Saint-Pierre. Mais justement : pourquoi s'en faire ? Marseille, c'est la ville des Phocéens, des Grecs d'Asie Mineure débarqués là au VIe siècle avant J.-C. : rien d'étonnant donc à ce qu'elle soit une ville vouée à l'hédonisme, au plaisir immédiat – le petit café au bar du coin, ou le premier pastis qui ne se refuse pas, obligatoirement suivi d'un second. On sait bien, ici, que trop, c'est tout juste assez.

Oh, comme ça me va bien !

Un soir, au Bergerac, rue d'Endoume, de pastis en pastaga, nous étions déjà passablement gris, j'ai doucement dévié la conversation vers la métaphysique. Qu'avais-je fait là ? Mon voisin, un petit vieux avec lequel je faisais un concours de coudes levés depuis une bonne demi-heure, m'a gentiment lancé : « Oh Laurent ! Arrête un peu, dis ! J'ai même pas commencé à penser que je dois réfléchir ! »

Et Breton que je suis, comment suis-je devenu Marseillais ?

C'est une ville qui a toujours été cosmopolite. Ce n'est même plus un brassage de populations : c'est la planète tout entière qui s'y donne rendez-vous. Et les Marseillais sont si peu chauvins qu'ils t'adoptent avec facilité (et non le contraire, comme le croient trop souvent les journaleux de passage, et les Parisiens, têtes de chiens, ou les Parigots, têtes de veaux...). Pourvu que tu respectes leurs us et coutumes – la vénération du Stade Vélodrome, par exemple.

Kérusoré ! J'avais presque tout pour leur plaire, avec un pareil patronyme !

Petit rappel à l'intention des plus jeunes, et de celles et ceux que le foot ne motive pas : Raymond Kéruzoré est un ancien international de foot, né en Bretagne (à Châteauneuf-du-Faou), qui a joué entre autres au Stade Rennais, avec lequel il a remporté la coupe de France en 1971, avant de migrer, pour un an, à... Marseille. Alors, certes, je n'ai aucun lien familial avec lui, mais quand même... Quelque chose demeurait dans la mémoire collective du beau Raymond...

Je n'étais pas fan de foot – autant l'avouer. Mais peu de temps après mon arrivée ici, j'ai été, comme un autre, obligé de passer par la case départ du grand jeu de l'Oie marseillais : le Stade Vélodrome. Là où tout commence et tout finit ici.

Les passionnés de ballon rond n'ont pas besoin d'être convaincus – c'est aux autres que je m'adresse. Le Vélodrome (où l'on ne fait plus de vélo depuis longtemps) n'est pas un terrain de foot, c'est un temple. Une église. Le réceptacle d'une ferveur collective. Le creuset où se fondent les différences sociales.

Bien sûr, en apparence, on ne se mélange guère. Les bourgeois trustent les places chères, les quarts de virage sont occupés par les moins nantis. Mais les chants et les hurlements sont collectifs. On clame en chœur des obscénités redoutables avec le même entrain que l'on mettrait ailleurs à dire : « Amen ». Le métro, dont ce fut un temps le terminus (tout un symbole…), amène au Stade un peuple blanc et bleu, indifférencié sous les couleurs de l'OM, et le ramène unifié par l'émotion de la victoire, ou la dépression de la défaite (il vaut mieux vaincre, quand on est entraîneur à Marseille – c'est une ville qui en a pendu beaucoup…). De sorte que si, par le plus grand des hasards, tu n'es pas allé au Stade ce soir-là, pas besoin d'allumer la télé ou la radio pour connaître le résultat : la rumeur de la ville, le délire des Klaxon – ou le silence de plomb, certains soirs de déconvenues, si remarquable dans une ville qui bruit tout le temps – te tient informé du résultat – et du moral de tes concitoyens. Eruption de joie dans le Panier ? « Ça va être la fête ! » Mais quand c'est morne sur la Plaine, tu peux être sûr que le supporter déprimé ira se coucher sans même s'accorder une dernière bière…

Ma première expérience du Vélodrome, ce fut pour un Marseille/Lens. J'étais si néophyte que je ne savais pas qu'à la mi-temps, les équipes changeaient de côté, et je me suis retrouvé, vers la 48e minute, à hurler contre… les Marseillais. Oh, juste le temps de me sentir ridicule ! Mais j'ai eu l'impression qu'un stade entier me regardait, l'air de dire : « Peuchère ! Il est fou, ce Thomas ! » Quand on est néophyte… Interviewé une heure plus tard par une radio locale sur le match que je venais de voir, j'ai voulu me la jouer, en inventant des termes – et c'est comme ça que pour évoquer un « coup franc », j'ai parlé de « coup sincère »…

Il y a des coups de pied occultes qui se perdent – c'est ce qu'a dû penser le journaliste, un peu interloqué. Des grands couillons comme ça, il n'en avait jamais encore vu. Dites, vous ne seriez pas Lyonnais, vous ? Ou Parisien, peut-être bien ?

Honte à moi !

Je n'aurais pour cette ferveur marseillaise qu'un seul petit bémol, mais pas des moindres. Les insultes lancées aux adversaires sont pour moi un peu trop ciblées sur une seule et unique sexualité. Je suggère d'alterner les « pédé ! » par des « hétéro ! » Cela changerait !

Je vais mieux depuis que j'habite Marseille. Bien sûr, il y a le travail. Le succès. Mon compagnon. Mais il y a surtout la lumière ! Dans les pays du Nord, là où, comme disait Baudelaire,

« Le ciel bas et lourd pèse comme un couvercle
Sur l'esprit gémissant en proie aux longs ennuis »,

on souffre souvent de ce que les Britanniques appellent SAD (Seasonal Affective Disorder), et on vous conseille d'acheter des lampes spéciales diffusant de la lumière blanche de haute densité – ou des « simulateurs d'aube » (j'adore l'idée d'avoir l'aurore sur sa table de nuit...).

Ici, ce n'est pas nécessaire. Quand je pense que Paris se prétend « la ville lumière » ! Qu'ils viennent voir ! Pas besoin d'électricité : le ciel a une transparence, le soleil une intensité qui évacue le stress et le spleen – c'est une ville qui ignore les névroses moroses et les coups de cafard.

C'en devient parfois comique. Je me baladais un (vraiment) beau jour sur le Vieux-Port. Je discutais avec des pêcheurs qui se trouvaient là, quand soudain l'un d'eux lève la tête, aperçoit un minuscule nuage solitaire quelque part au-dessus de la ville, et s'écrie, en le montrant aux autres : « Té ! On a un de ces étés de merde ! »

Ni névrose, ni solitude – les deux vont souvent de pair. Je suis un garçon sociable qui a longtemps souffert, à Paris, du mur qui là-bas vous sépare des autres, dans la rue, dans le métro, partout. Comme si vous n'existiez pas. Mais à Marseille, vous ne passez pas un quart d'heure sans qu'un quidam, sous le plus léger prétexte, vous adresse la parole. À Paris, vous marchez en regardant vos pieds. Ici, on regarde droit devant, les yeux dans les yeux. C'est une ville sans faux-fuyants. Moi qui adore aborder les gens, je me sens… chez moi.

D'ailleurs, ami touriste, fais-en l'expérience : prends l'air de celui qui ne sait plus où il est. Dans la minute qui suit, deux ou trois personnes t'offrent leurs services pour retrouver ton chemin. Alors, certes, pas deux n'ont le même trajet à te proposer, parce qu'ici chacun a « son » Marseille, qui n'est pas celui du voisin. Te voilà deux fois plus perdu – mais tu t'es fait des potes !

En vérité, je vous le dis : si vous n'aimez pas les gens, faites un détour – ne venez pas à Marseille !

Pour l'étranger qui débarque ici, arrivant de l'un de ces pays du Nord (du nord de Valence, bien sûr) où l'on a l'air de se parler sans cesse en toute confidentialité, la ville paraît bruyante. Ça crie beaucoup, ici, dans tous les coins. Mais attention ! Je ne gueule pas : je com-mu-ni-que ! Je ne me mets pas en colère : j'ex-pli-que !

Ils sont d'une mauvaise foi constante, d'une mauvaise foi sincère, tellement elle est jouée, que j'adore...

L'étranger trouve aussi que ça sent un peu... Même dans les bons jours, on a toujours l'air de sortir d'une grève des éboueurs. En Bretagne, il m'est arrivé cent fois de traverser la rue pour trouver un cendrier où écraser ma clope. Ici, tout se jette – et, les jours de mistral, un grand nuage de papiers et de sacs plastiques tournoie au-dessus de la cité, avant de se poser de façon moyennement décorative au gré des platanes. C'est aussi cela, Marseille – autant le savoir, autant le dire.

On ne le sait pas assez : c'est la ville la plus étendue de France. Bien plus que Paris. D'un bout à l'autre de l'immense rade, du viaduc de l'Estaque, où Picasso et Braque ont inventé le cubisme, jusqu'au petit port des Goudes, à l'orée du massif de Marseilleveyre, près de cinquante kilomètres.

Au bout du bout, Callelongue – et la Grotte (il y en a une, vraiment, dans la falaise qui surplombe le petit port), où l'on mange merveilleusement : j'y amène régulièrement les amis qui viennent me voir à Marseille, ce qui les oblige à parcourir toute la ville, en tout cas, tout ce front de mer extraordinaire, la plage, et les îles qui font à la cité une pré-ceinture qui la garantit des tempêtes.

Et des paysages incroyablement diversifiés. C'est une ville de quartiers, véritables villes dans la ville, chacun correspondant sans doute à une géographie différente – collines pierreuses, anses, pinèdes… Chacun avec son caractère autonome, et ses habitants qui pour rien au monde iraient nicher ailleurs.

Sans compter les environs, de la pointe de Sausset et Carry-le-Rouet, à l'ouest, jusqu'à Cassis et Bandol, à l'est… Plus de cent kilomètres de calanques, de plages, de garrigues, de collines blanches comme des os récurés – un paysage calciné de soleils et d'incendies réitérés, minéral, inondé, écrasé de chaleur. Chez moi.

Je voudrais faire ici un recensement de ces lieux admirables. A la fois pour les Marseillais, qui souvent ignorent bien des aspects de leur propre cité, et pour les « estrangers », qui croient entrer dans une ville unique, alors qu'ils pénètrent dans un puzzle d'univers juxtaposés. *Mon* Marseille. *Mes* Marseillais.

Et pardon par avance à tous ceux que j'aime au jour le jour, et que je ne peux citer dans les limites étroites d'un livre – mais que je n'oublie pas, parce que la mémoire parfois défaille, mais que le cœur n'oublie jamais.

Mes havres de paix : Endoume et Malmousque. Deux vrais villages. L'entraide, la convivialité, les amis, les voisins, l'apéro ! Jacky, au regard rêveur, admirablement perdu sur je ne sais quel paysage intérieur – figure emblématique du quartier. Chantal, merveilleuse blonde au grand cœur, la mère universelle, comme chantait Brassens, patronne du New Café, rue Sauveur Toubeleme, un snack de quartier où le village se retrouve à l'heure du déjeuner... Les conversations se croisent, on s'interpelle, on se chahute, on galèje, et j'adore ça ! On a toujours l'impression, à Marseille, que tout le monde se connaît ! C'est une ville pleine de gens qui donnent sans compter – et je prends, et je grandis.

Ou le toujours beau Lucien, 80 ans aux fraises, toujours élégant, impeccablement cravaté, même le dimanche : un homme qui ne se relâche jamais ! Il me conte les histoires anciennes de Marseille, les récits des solidarités effectives, des amitiés impérissables. Il est la mémoire du quartier.

Et il a un fils, le beau Lucien : Jean-Pierre. Il tient, avec Laurie, son épouse, le Grand Latin, rue Sainte.

Plus qu'un lieu de rendez-vous, c'est un lieu de retrouvailles. « La prochaine fois, lance Jean-Pierre, revenez plus nombreux... Mais deux, c'était déjà merveilleux ! » Il a le menu élégant, et le tiramisu légendaire. « Incontournable ! Illustrissime ! » Le Grand Latin, c'est ma cantine.

Même rue, l'Opium, restaurant asiatique de haute tenue. Certains soirs, le patron organise des concerts de... jazz. Nous y allons en famille ou entre amis écouter le beau Serge Dupire (Vincent Chaumette dans *PBLV* – ils sont plusieurs à avoir ainsi des talents cachés).

Descendons vers le centre – le Vieux-Port, légendaire, emblématique. Les vendeuses de poissons qui jouent et surjouent à être marseillaises – et qui envoient constamment bouler les touristes. C'est qu'il n'y a pas à être aimable avec les touristes – ce ne sont pas des indigènes dont on viendrait, par complaisance, acheter les daurades. Indigènes, ce sont les autres qui le sont – puisque, eux, ils habitent au centre du monde... Où manger, dans ce décor pagnolesque ceinturé, saturé de restaus attrape-touristes ? Chez Carmine, juste après la Mairie. Ma copine Nath y offre un menu à fort accent italien – une bonne ambiance pour un bon début de soirée.

Nath a été l'une de ces nounous spontanées dont la ville regorge. Elle m'a appris à faire, dans les « amis » avec lesquels elle me voyait faire escale chez elle, la part de ceux qui m'aimaient pour moi, et de ceux qui lorgnaient sur ma Carte bleue. Je lui dois ma sagesse actuelle, et ma relative sobriété question sorties nocturnes.

J'ai parlé d'aller vers les Goudes – à l'est de la ville. Au passage, je m'arrête d'abord pour déjeuner aux Catalans, chez Michel. L'antre de la bouillabaisse authentique, où j'amène tous les menteurs qui prétendent en avoir déjà mangé une bonne – ailleurs. Il est recommandé d'y arriver le ventre vide : ce serait dommage de caler sur la rascasse...

Plus loin vers le soleil levant, sur la Corniche Kennedy, je passe mes après-midi d'été au Bistro Plage. On peut s'y dorer tranquillement la pilule entre amis – et y rester, tard le soir, devant un verre et une bonne pizza, à refaire le monde...

Sinon, pour manger vraiment au superlatif, allez au Peron, au 56 de la Corniche. Vue imprenable sur la mer, et, au loin, sur l'Estaque (n'hésitez pas à monter à l'étage : il y a de petites niches où l'on est merveilleusement tranquille, à quatre, en surplombant la mer de très haut, le regard perdu sur le château d'If, si proche qu'on pourrait le toucher, surtout après la seconde bouteille de Château de Fontcreuse (ou du Clos d'Albizzi, ne soyons pas exclusif). Le chef est un vrai chef, pas l'un de ces casseurs de burnes et de porte-monnaie qui n'ont que l'ambition de garder leur étoile. J'y vais pour les grandes occasions – même si, d'après certains qui me connaissent bien, tout est pour moi une grande occasion. Mais aussi, je vous ai fait la leçon : *carpe diem*, les amis – profitez de l'instant !

Retour au centre, dans le quartier de la Préfecture : c'est le nom de la cantine où je vais souvent me restaurer, avec mon compagnon, rue Sylvabelle. Quand nous avons la flemme de faire des courses et que le réfrigérateur reste désespérément vide, on se regarde, on ne se pose même pas la question, et on y va. Grande cuisine à prix doux, patron sympa, accueil irréprochable – et, aux murs, des expos sans cesse renouvelées de photos ou de peintures, pour faire découvrir les artistes marseillais.

Je parlais du Château de Fontcreuse, vin de Cassis, ce minuscule port de pêche, si réputé pour ses rosés, au bout du massif de Marseilleveyre, au pied de falaises rougeâtres absolument spectaculaires. J'y vais souvent – c'est là, rappelez-vous, que j'ai rencontré F. Et quand nous y retournons pour ranimer la flamme, nous nous arrêtons à la Vieille Auberge, sur le port. Non seulement j'adore le patron, Patrick, mais on y mange les meilleurs poissons du coin, donc de Méditerranée, donc du monde. C'est bien simple : je me damnerais pour la salade de homard.

Toujours à Cassis, le Cap, une maison d'hôtes où je loge souvent le week-end, au printemps – et une semaine entière de farniente avec les copains en juillet. Ce sont Nini et Jo qui tiennent l'endroit – Nini qui m'a présenté F., grâces lui en soient rendues…

Et hors Marseille, hors Bouches-du-Rhône, et même carrément de l'autre côté du fleuve, je vais souvent au Château Christin, près de Sommières, dans le Gard. Le seul lieu où, excepté chez mes parents, je ne souffre pas d'insomnies. C'est un endroit magique, aux vieilles pierres chargées d'énergie résiduelle, comme dans les maisons hantées, de pierres qui, quand on sait écouter, racontent des histoires magiques et rocambolesques, de châtelaines séquestrées et d'épées battant les mollets de gentilshommes valeureux. Vous pouvez, à votre gré, y être roi ou valet – ou reine de cœur.

Marseille, donc... La seule ville qui m'a ouvert les bras, m'a réconforté par sa sincérité, par sa vérité. Ici, on ne triche pas. Je me blottis dans ses bras, et jamais elle ne m'a étouffé. Son soleil et sa chaleur m'ont redonné le goût des choses, des choses les plus simples, l'envie de n'être plus que moi. Laurent, celui que je devais un jour devenir. C'est la ville qui m'aura dévoilé et à la fois construit. Ici, je deviens adulte. Je crois que c'est bon signe : c'est la ville où pour la première fois je me suis senti mûrir, et vieillir : elle m'a permis de régler le compte de l'adolescent tourmenté et tourmenteur qui m'a si longtemps hanté.

Aujourd'hui, j'espère pouvoir y fonder une famille. Grâce à cette cité, je me sens apte pour la paternité. J'ai confiance, je me dis que, quoi qu'il advienne, cette ville gardera toujours sa véracité, sa grandeur. Que quelle que soit l'évolution de notre drôle de société, les enfants pourront toujours y trouver une place. Enfant adopté, je souhaiterais adopter à mon tour. La loi ne me le permet pas encore, mais c'est encore un autre sujet.

Laissez-moi donc rêver quelques instants. Laissez-moi imaginer mes enfants se baladant sur la plage des catalans ou des prophètes. Criant, gesticulant dans tous les sens. Et des rires, des tonnes de rires soufflés par le mistral. Je rêve de cette vie et cette ville me susurre à l'oreille d'oser transformer cette vision en une douce et tendre réalité. Merci à toi pour ça, Marseille.

THOMAS ET MOI

Imaginons un (bref) dialogue entre un journaliste bien intentionné, venu à Marseille interviewer tel ou tel membre de l'équipe de la série, et le chauffeur du taxi dans lequel il est monté à la gare Saint-Charles (qu'il soit arrivé par train ou par avion, tout converge à Saint-Charles).

« Je voudrais aller aux studios de télévision... heu... rue Guibal...

— Ah ? La Friche ?

— La Friche ?

— Ben... La Friche de la Belle-de-Mai... Dites, vous ne seriez pas de Paris, vous ? »

Et, dans un grand élan d'honnêteté :

— Vous savez que vous êtes tout à côté... C'est à pas dix minutes à pied.

— Non, non... Je préfère...

— C'est bien ce que je disais, vous êtes de Paris... »

Et d'un ton plus inquiet :

— « Ou de Lyon, peut-être ? »

La Friche de la Belle-de-Mai – un célèbre quartier de Marseille – a été construite dans les anciens locaux de la défunte SEITA, la manufacture française de tabacs qui a été avalée par la nouvelle entreprise baptisée dorénavant Altadis – et qui ne fabrique plus grand-chose en France. Du coup, dans le grand mouvement de désindustrialisation des années 1980, un énorme bloc de bâtiments hauts de plusieurs étages s'est trouvé en déshérence – bientôt en ruine...

Ou plutôt, il l'aurait été si la ville n'avait pensé récupérer les bâtiments pour en faire un espace d'art – et d'essais. Théâtre, production, studios. Sur la Côte d'Azur, il y avait autrefois la Victorine, à Nice. Il y a désormais la Friche, à Marseille.

Le taxi amène donc notre journaliste, en trois minutes, à pied d'œuvre. Il paie, s'oriente, gravit un long plan incliné et rentre dans un immense hall. Là, à nouveau, il demande.

« *Plus belle la vie* ? La porte en face... »

Et il entre...

Les studios sont immenses. Pensez : ils ont été construits à l'intérieur d'une structure qui faisait bien cinq étages. On a gardé les murs extérieurs, et tout rebâti dedans.

Les décorateurs de la série ont fait un travail formidable – et le continuent chaque jour, parce que chaque jour, de nouveaux épisodes supposent l'invention de nouvelles structures. En fait, les décors à proprement parler du feuilleton se subdivisent en deux parties. D'un côté, la place du Mistral, avec ses hautes maisons de trois-quatre étages – tout en panneaux de contreplaqués crépis et peints, un trompe-l'œil extraordinaire. Pour restituer cette place (imaginaire) d'un quartier du Panier, le centre historique de Marseille niché au-dessus du Vieux-Port, on n'a rien négligé, rien oublié – ni l'hôtel Select, ni le Bar, bien sûr, où officie Thomas et par où transitent les personnages et les intrigues, avec son rideau ingénieusement tagué. Les noms des ruelles sonnent marseillais à n'en plus pouvoir – rue du Roucas (il y a à Marseille un quartier du « Roucas blanc » – le Roucas, c'est la roche : le Roucas blanc se situe au pied de Notre-Dame-de-la-Garde, la Bonne Mère, construite sur un sommet de calcaire blanc), impasse des Pêcheurs, rue des Saulniers, traverse des Calanques. Jusqu'à une petite statue de la Vierge, comme un écho de celle de la Garde, à l'angle d'un immeuble. Des détails qui n'apparaissent peut-être pas trois fois par an, qui glissent au fil de la caméra, mais précieux, essentiels pour reconstituer une ambiance. Les décorateurs n'ont rien oublié, ni le « Défense d'afficher – Loi du 29 juillet 1881 », ni même les débris de feuilles mortes – des feuilles de platane glanées dans les rues du vrai Marseille. Je dis « le vrai Marseille » pour parler du dehors, mais il y a des moments où je finis par me demander si le décor dans lequel nous vivons 300 jours par an n'est pas, en définitive, plus vrai que le vrai. Bien sûr, le lierre qui dégouline tranquillement d'une façade est en plastique. Bien sûr, le nom de l'architecte, indiqué sur un mur est un *private joke* – Michel Blaise est le décorateur en chef, pas l'architecte qui (en 1929 !) aurait construit… un quartier qui n'existe pas. Mais c'est encore mieux que l'illusion de la réalité : c'est l'illusion d'une illusion.

Il y a même dans tout ce trompe-l'œil une touche personnelle : quand j'ai définitivement été embauché, en 2005, les techniciens ont dû refaire quelques éléments du décor – des portes, principalement – à ma taille… C'est un vieux truc de cinéma, et Hollywood, dans les grandes années des « studios », en a usé et abusé. Il y avait des petites portes pour les acteurs de petite taille, afin qu'ils paraissent plus grands et plus carrés, et, juste à côté, les mêmes, mais plus grandes, pour leurs partenaires féminines, pour qu'elles soient plus menues, plus fragiles. Surtout quand, par hasard, il se trouvait qu'elles étaient, en fait, plus grandes que les hommes qui leur donnaient la réplique.

Magie du cinéma, où l'illusion de réel n'est jamais aussi forte que quand tout est faux.

Il est sept heures et demie du matin (paresseux et lève-tard, ne faites pas de cinéma !). Le journaliste, son petit carnet à la main, est invité à se glisser partout, à condition de se faire tout petit. On en est justement aux répétitions. S'étonne-t-il que je connaisse par cœur tout le détail de mon texte ? Nous avons des scénaristes formidables, qui nous écrivent des dialogues au cordeau – facile de sonner juste. Ce jour-là, la première scène se situe dans la boutique de sex-toys que vient d'ouvrir « Estelle ». C'est, transportée dans le Panier, la boutique chic de Sonia Rykiel, rue de Grenelle – ce serait d'ailleurs à sa fille, Nathalie, que l'on devrait l'appellation contrôlée « sex-toys »... Les décorateurs se sont amusés à importer sur le plateau des boules de geisha, de mini-plugs et autres canards en plastique vibrants, mais se sont abstenus d'amener sous l'œil de la caméra, et, forcément, de celles et ceux qui regardent, les spécialités les plus spectaculaires. Il y a tant de préadolescentes qui sont, chaque soir, scotchées à leur téléviseur sur le coup de 20 heures 10 – inutile de les confronter aux réalités les plus... contondantes de ce genre de commerce. Qu'elles continuent à croire, comme moi quand je regardais, enfant, le catalogue de la Redoute de ma mère, que c'est fait pour masser... les joues.

N'empêche : les techniciens blaguent entre eux, évoquent les jolis produits dérivés, estampillés « Plus belle la vie », que nous aurions pu mettre sur le marché, avec un peu d'audace. Les plaisanteries fusent, les slogans aussi. « "Plus belle la vie", l'émission qui vous donne vraiment du plaisir ! »

Gamin, va ! En attendant, nous sommes tous tordus de rire.

Répétition rapide, donc. Thomas – ma pomme – discute avec Estelle, qui vient donc de monter son petit commerce-fantaisie. Le plus important, c'est le timing : à quel moment la « cliente » va-t-elle entrer dans la boutique, quel sera le tempo exact des répliques – le tout ne doit pas durer plus de deux minutes. Christophe, le réalisateur, donne ses dernières consignes, puis part à la régie, où, avec son assistante, il suivra le tournage sur les moniteurs où arrivent les images des deux caméras – il choisira au montage. Le plus compliqué, c'est de ne rien laisser traîner dans le champ – pas l'ombre d'un micro ni d'un technicien : le perchman a intérêt à avoir le poignet solide !

« Lumière ! » Trois gros zeppelins suspendus au plafond du studio, à vingt ou trente mètres de nous, s'allument progressivement, comme de gigantesques halogènes : ils fournissent la lumière « jour ». Puis les projecteurs installés sur le set, derrière les fenêtres, pour donner l'illusion d'un pâle soleil d'hiver – ce qui se tourne en octobre passera à la télé deux mois plus tard : d'ailleurs, des affiches collées sur les murs de la place Mistral annoncent le téléthon des 4 et 5 décembre. Il y en a une aussi à l'intérieur du bar – la direction de France-Télévisions fait les choses bien, et prudemment.

À trente mètres de là, bien calé devant les moniteurs, Christophe envoie ses directives pour le cadrage. Et puis : « Silence, on tourne ! » – en fait, on balance les répliques, avec naturel, au milieu de dix ou douze techniciens, assistants, maquilleuses, etc. Tout le personnel indispensable pour mettre en boîte deux minutes de feuilleton.

Plus belle la vie a été un appel d'air pour la cité phocéenne. La série fait travailler, en équipes successives, de 150 à 200 personnes, dans une ville qui, a priori, n'était pas particulièrement tournée vers l'audiovisuel. C'est une aubaine pour tous les intérimaires du spectacle, les techniciens comme les acteurs, venus échanger une ou deux répliques – ou simplement être ces présences muettes, ces silhouettes qui traversent la place pendant que l'action se déroule. J'entre avec mon plateau, café et croissants, nous échangeons quelques phrases, une cliente se pointe, fait rapidement son choix parmi les gadgets d'Estelle, et ressort. « Coupez ! »

Une prise, deux prises, trois prises, ça ne va pas, on recommence, il traîne toujours quelque chose dans le champ. Finalement, Christophe prendra le début de la prise 3, et la fin de la prise 4 – et dernière, et c'est dans la boîte. Le plus ardu, c'est de garder, de prise en prise, les mêmes gestes, les mêmes intonations, et, éventuellement, les mêmes déplacements : nous jouons dans un mouchoir de poche, où tout est calculé, calibré au centimètre et à la seconde près.

Et il ne faut pas traîner, parce que la scène suivante est sur un autre plateau, celui où sont installés tous les appartements de chaque membre du feuilleton. La scène suivante est de celles que j'aime le moins : un long dialogue de transition, qui rappelle au téléspectateur ce qui s'est passé, et met en place la suite. Rudy et moi : rien que du bla-bla – indispensable si l'on veut, dans une série qui ne cesse de rebondir depuis des années, et où on finirait par se perdre s'il n'y avait, de temps à autre, un petit rappel des épisodes précédents. Mais c'est une plaie à jouer : il faut conserver autant de naturel que possible pour dire des choses que l'on ne dirait jamais dans la réalité, puisqu'elles sont supposées connues des différents protagonistes. Mais toute série a ses exigences, et ses lois.

Le seul gag, c'est que j'avais oublié de remonter ma braguette. « C'est jour de paye », a lancé quelqu'un – il a fallu quelques secondes pour que je comprenne. Bon – on écrase, et prise suivante ! Mais du coup, je suis pris d'une envie de rigoler pendant dix minutes. Allez-vous concentrer, après ça !

Chaque jour, cinq jours sur sept : *Plus belle la vie,* c'est du travail, beaucoup de travail, des fous rires, de la bonne humeur et surtout une extraordinaire envie de bien faire les choses.

Notre journaliste-invité n'en revient pas : cela fait presque quatre heures qu'il est avec nous sous les sunlights, et personne ne l'a vraiment remarqué. Il se sent comme une ombre accablée de lumières – un fantôme au milieu d'une ruche organisée.

Dépité, il sort sans dire au revoir, prend bêtement à droite en sortant au lieu de s'en retourner par la gauche, et se perd à tout jamais dans les méandres compliqués de Marseille.

Bien sûr, il n'existe pas de journaliste assez naïf pour en rester à la surface des choses et des tournages. Tous ceux que j'ai rencontrés mèneraient leur enquête en profondeur, exigeraient de rencontrer les acteurs, tenteraient de les passer au grill – pour leur faire dire... Dire quoi, au fond ?

Résumons. Développons.

Edmonde Charles-Roux a écrit jadis un roman intitulé *Oublier Palerme*. Si je devais donner un sous-titre à mes souvenirs, ce serait (presque) : « oublier Thomas ».

Mais ce n'est pas facile. Je sais bien, moi, que le visage ingénument barbu que me renvoie mon miroir est celui de Laurent... Mais le public, lui, ne le sait pas. Pour lui, je suis définitivement Thomas.

On a compris d'ailleurs que ce livre était une sorte d'exorcisme...

Je me rappelle une histoire que nous avait racontée une prof de français, au collège – ça m'avait marqué.

Conan Doyle a inventé Sherlock Holmes en 1887. Quatre ans plus tard, il écrit à sa mère : « Je songe à tuer Holmes » – et elle le prévient : « Le public risque de le prendre mal… » C'est en 1893, avec une nouvelle intitulée « Le Dernier problème », qu'il jette son héros dans les chutes de Reichenbach…

Mais à peine l'histoire a-t-elle paru dans la dernière livraison du *Strand Magazine* que la direction de la revue reçoit des milliers, des dizaines de milliers de lettres. Les lecteurs ne voulaient tout simplement pas que leur héros disparaisse. Et sous la pression, Conan Doyle lui a rajouté vingt ans de vie…

Heu… Passer vingt ans avec Thomas ? Pourquoi pas. Dites-moi ce qu'il y a à faire et je signe sur le champ.

Que dirait le public si les scénaristes, du jour au lendemain, décidaient de liquider le serveur du *Mistral* ? Parti avec le vent…

Ou alors… Tuer Thomas avant qu'il ne me tue ?

Parfois, c'est comme si c'était fait : *exit* Laurent, ne reste que Thomas.

Je n'en veux pour preuve que…

Un jour, après avoir passé plus d'une heure dans le magasin d'une grande enseigne de bricolage (une heure pour trois clous et deux vis), je me suis retrouvé faisant la queue à la caisse. Une dame bien mise, à deux pas de moi, dans une queue parallèle, me regarde et se fend d'un large sourire.

Ma foi, pourquoi pas ? Mieux vaut sourire que faire la tête. Je lui souris à mon tour, poliment, et détourne le regard pour éviter une longue et interminable discussion sur le « C'est qui qu'a tué qui, et c'est qui qu'a fait quoi ? » Echange complice, bref mais sincère.

Mais apparemment, ce n'était pas l'avis de cette personne. Elle me balance, d'un coup sec : « Ben alors ! On ne dit plus bonjour ? » Je me retourne vers elle, et arborant mon plus beau sourire, je la salue à mon tour. Elle continue sur son élan. Comment est-il possible que je ne la reconnaisse pas ? Je me fends, je me confonds en excuses. Et j'en finis par me demander effectivement si je ne la connais pas, cette dame que j'ai d'abord prise pour une fan, mais qui sait, peut-être l'ai-je rencontrée quelque part dans la région ? « J'ai la mémoire qui flanche, je m'souviens plus très bien », chantait Jeanne Moreau dans *Jules et Jim* – un de mes grands classiques. Je reste confus, et finis par lui demander, poliment, en m'excusant douze fois, où nous nous serions alors rencontrés. La voilà qui prend un petit air pincé – vexé. Comment ? Je ne la reconnais pas ? Sincèrement outrée. Parole, on aurait pu croire que nous avions couché ensemble dans une vie antérieure, et que je ne m'en souvenais pas… Je m'avoue désolé de ne pas la remettre.

Le pire, c'est que, dans la vivacité de l'échange – on parle fort, dans le Midi –, les gens ont levé la tête, suivi le malentendu, bref, tous les regards sont braqués sur moi. (Un samedi, imaginez, dans une grande surface ! Je me sens le point de mire de dizaines de personnes…) Mon dieu, quelle honte, vous avez vu Thomas, comme il est « fier », comme on dit ici… Il crâne…

Je rougis, je me décompose. Je me sens plein de culpabilité. Une soudaine envie de fuir me titille, d'abandonner mes clous sur le tapis roulant de la caisse, mais je ne peux pas, ce serait pire ! La dame insiste, elle en remet une couche, elle commence à hausser le ton, elle ne comprend pas mon amnésie, enfin, fais un effort ! La voilà qui me tutoie… C'en est trop : qu'elle me dise où nous aurions pu nous rencontrer ! Je suggère, j'énumère quelques soirées, quelques événements plus ou moins mondains… Non, rien de rien, je ne me rappelle rien. Quant à elle, elle ne veut rien entendre, et puisque c'est comme ça, puisque je suis aussi *fier*, elle ne me dira rien.

Je suis anéanti !

Soudain la caissière (ô merci, ma bienfaitrice, ma sauveuse, mon héroïne du jour !) se retourne vers la cliente irascible, presque agressive, et lui lance : « Dites-moi, madame ? Ce ne serait pas dans la série de la Trois que vous auriez rencontré le jeune homme ? »

Elle a piqué un fard ! Je n'ai jamais vu quelqu'un rougir à cette allure, puis immédiatement après se décomposer. Bon sang, mais c'est bien sûr ! Elle savait soudain pourquoi elle « croyait me connaître » : chaque soir j'étais chez elle – en toute ingénuité ! Elle se confond en excuses, rougissant de sa maladresse. Allons ! A tout péché miséricorde ! Je lui souris de nouveau et lui lance : « Ça y est, je me souviens, madame, nous nous sommes croisés au Mistral ! » Elle éclate alors de rire, et les gens dans la queue font chorus. Ouf ! Je suis sorti d'affaire. Je lui signe un autographe, paie mes maigres achats et m'en vais, amusé par le quiproquo.

Mais il y a plus fort.

Lorsque Thomas a perdu l'amour de sa vie, le beau, le tendre « Nicolas », le flic gay, il est parti se remettre de cette douloureuse expérience au Québec. Et Laurent – ma pomme – a pu prendre trois semaines de congé pour vaquer à ses occupations. Merci les scénaristes, qui nous arrangent des vacances à grand renfort de coups de théâtre !

Et là, quelque chose de bizarre a commencé, dont je ne me suis pas immédiatement rendu compte. C'est venu petit à petit – une sensation bizarre, comme quand on se sent épié, et que l'on se retourne, parfois, pour tenter de dissiper ce sentiment... A en devenir parano ! Je me baladais dans la rue, et je trouvais les gens pour le moins étranges. Ils m'observaient d'une manière inhabituelle. Quelques-unes finissaient par se décider, elles venaient jusqu'à moi pour simplement me prendre l'épaule, sans un mot. Que se passait-il ? Je ne devenais pas fou quand même ! Qu'avaient-ils tous à me dévisager de la sorte ? J'ai une tête de déterré ou quoi ? Un œil de travers ? Des cornes me sont poussées pendant la nuit ?

Après quelques jours d'angoisse, j'ai enfin compris ce qui se passait. Les téléspectateurs étaient en deuil, comme mon personnage. Ils participaient gentiment à la peine de Thomas. Quand ils me croisaient dans la rue, les souvenirs de l'intrigue leur revenaient en tête. Ouf ! Je n'étais pas malade ! Pas fou ! Et ma popularité était à son zénith !

La mienne, ou celle de Thomas ?

Depuis 2005, je n'ai pas voulu changer mes habitudes. Pour ne pas trop me prendre le chou ! Je garde une vie normale. Faire les courses, me balader, oublier ne serait-ce qu'un instant que je suis Thomas, le fameux Thomas ! J'essaie de ne pas devenir une ombre rasant les murs, planquée derrière ses lunettes noires – accessoire indispensable pour se la péter !

Je n'y arrive pas toujours !

Les rencontres de hasard que j'ai avec le public sont la plupart du temps amusantes et sympathiques. Souvent, dans la rue ou au restaurant, les gens sont tellement persuadés de me connaître qu'ils me font la bise. Comment vas-tu ? Et tes parents ? Il faut que l'on se fasse une bouffe... Jusqu'au moment où, voyant mon œil intrigué, un peu atone, ils me demandent : « Pardon, mais au fait, d'où on se connaît ? » De nulle part ! De part et d'autre de l'écran cathodique ! Entre vous et moi, il n'y a que l'espace d'une télécommande !

La plupart sont, d'un coup, très gênés. Mais moi, je trouve ça plutôt plaisant et amusant. Tous ces petits événements me permettent de garder les pieds bien plantés sur terre : ce n'est pas toi la vedette, gros ballot, c'est Thomas. Toi, c'est tout juste s'ils savent que tu existes... Et puis après ? Après tout, ce n'est pas si douloureux que ça d'être aimé pour son personnage. Il y a pire, dans le métier. Même si parfois je suis agacé pour diverses raisons d'ordre privé, j'espère sincèrement que ces situations dureront encore longtemps. Sans le public, je suis seul… Je suis d'une certaine façon inutile ! Pour un peu, je ne serais plus personne ! Alors, ne changez rien ! Aimez-moi…

Festival de Luchon 2006 – le grand festival de la création télévisuelle. Cela fait déjà un an et demi que j'ai intégré l'équipe de la série. Je me suis très vite habitué à cette popularité. On a beau prétendre qu'on ne fait pas ce métier pour ça, même si c'est en partie vrai, il y a quand même, dans tout acteur, quelqu'un qui aime briller de mille feux, qui aime se sentir aimé de son public.

Donc j'assumais pleinement ce nouveau statut.

À Luchon, quelques épisodes étaient diffusés en avant-première. Cela dit, nous ne pensions vraiment pas particulièrement attirer les foules. Luchon s'intéresse naturellement davantage aux grands téléfilms, aux grands documentaires, qu'à une obscure série familiale marseillaise…

… pensions-nous…

Les organisateurs, accompagnés de nos producteurs, sont venus nous chercher à l'hôtel. Ils avaient l'air heureux – et dans notre ingénuité, nous pensions que c'était par principe, qu'ils arboraient ces larges sourires avec tous leurs visiteurs…

Pauvres de nous…

Avec quelques-uns, nous décidons de nous rendre à pied au palais des festivals. Il se trouvait à quelques centaines de mètres de notre hôtel, et pourquoi ne pas profiter de ce beau parc… Mais le responsable de la sécurité s'oppose fermement à cette décision : il sera bien plus pratique pour l'organisation générale, dit-il, d'arriver en voiture. Bon – nous ne sommes pas contrariants, nous nous résignons à le suivre bien sagement.

En sortant de l'hôtel notre attention est attirée par le vacarme qui règne à l'entour. L'atmosphère est électrique, on entend des cris, par vagues successives. Je jette un œil sur le visage de nos producteurs : ils ont l'air à la fois heureux et anxieux. Pour détendre un peu l'ambiance, je lance un : « Ouah! Ce sont les Rolling Stones qu'ils attendent, ou quoi ? »

Nous ne sommes pas déçus du (court) voyage. Au dernier virage, on découvre une foule en ébullition – et ça fait peur, la foule. En fait de Rolling Stones, c'était nous qu'ils attendaient. Nous en avons fait une tête ! Nos producteurs se retournent vers nous avec un large sourire de satisfaction… C'était ça, leur surprise – et la nôtre ! Quel pied !

Autant assumer ses légers ridicules : pendant deux minutes, je me suis pris pour Madonna.

J'étais comme un gosse, perdu au milieu de tous ces gens. Qu'avions-nous fait pour mériter ça ?

Bien sûr, ça reste un merveilleux souvenir. Ces moments-là, il faut impérativement les vivre à fond, sinon tu finis frustré ! Ne jamais se sentir blasé, c'est trop merveilleux pour passer à côté. La popularité est le meilleur antistress que je connaisse. Quitte à tirer la métaphore par les cheveux, pour moi, le succès, c'est comme une clope : si tu commences, tu ne peux plus t'arrêter. Quand tu vois les autres fumer, ça te donne aussi envie de fumer. La popularité c'est pareil. Quand tu la touches, tu ne peux plus vivre sans, et quand tu vois les autres en avoir, tu veux obligatoirement leur en piquer ! C'est trop beau d'être aimé. Même si ce n'est qu'une illusion née d'une image – mais cette image, justement, c'est bel et bien moi qui la donne, et c'est moi qui en récolte l'illusion.

Je parlais plus haut de la mort de « Nicolas »...

Ce ne fut pas facile à tourner, cette scène où le personnage de Nicolas est retrouvé mort dans la maison familiale.

Le réalisateur m'a proposé de répéter la séquence. Non, tout bien réfléchi, je pouvais m'en passer : le visuel décrit sur le scénario était suffisamment explicite pour me faire ma propre idée. Connaissant le talent des décorateurs et des accessoiristes je ne me faisais aucune inquiétude pour la réalité du visuel. « Bon, très bien, on fait comme tu veux… »

La séquence débutait sur un plan où le personnage de Léo venait me chercher à l'entrée de la maison. Il devait m'annoncer que tout était fini : « Nicolas est mort ! » Je rentre et je découvre alors mon ami Nicolas étendu au sol, dans une mare de sang. Préemballé pour partir à la morgue.

Il n'y a pas spécialement besoin d'être Gérard Philipe ou Louis Jouvet pour jouer la scène. Pas besoin d'avoir fait l'Actor's Studio. C'était une pure vision d'horreur ! Les larmes sont montées très vite, si vite que je n'ai pour ainsi dire plus pu m'arrêter. On a fait et refait la scène sans que je prononce un mot.

C'était d'autant plus douloureux que ce devait être, dans mon esprit, la dernière scène que je jouais avec lui. Tout en jouant, j'accumulais des sensations, des souvenirs – tout ce que nous avions vécu sur le tournage, tous ces mois durant, tout ce que nous avions échangé hors plateau, tout remontait avec une force irrépressible. Un flot, un torrent de larmes !

La suite nous réserva de bien belles surprises. Eh non, j'avais eu beau jeter ses cendres dans la Méditerranée, il n'était pas mort ! C'est cela aussi, la télé…

Comme Sherlock : on croit s'en être débarrassé, mais les scénaristes ont plus d'un tour dans leur sac à viande…

Même pas mort !

Il a quand même eu la décence de ressusciter à Lyon, au milieu des brumes des quais de Saône. A Marseille, sous le soleil exactement, personne ne croit aux revenants.

Nous sommes une équipe – non : une famille. Avec ses fous rires, ses lapsus, ses dérapages, etc. Tous ces moments passés ensemble. Acteurs et techniciens confondus. Cela fait plus de cinq ans que nous vivons pour ainsi dire ensemble. J'ai parfois l'impression de ne jamais quitter les studios. Je ne me plains pas et ne me plaindrai jamais. Cette série m'a rendu heureux et si le public veut bien encore de moi, je suis prêt à vieillir avec mon personnage.

D'autant que ce personnage de Thomas, qui me colle si bien à la peau, est une grande première dans une série française.

Quand il a débarqué sur le petit écran, c'était la première fois qu'en France, à une heure de grande écoute, en *prime time* du *prime time,* si je puis dire, sévissait un couple homosexuel.

C'était loin d'être simple, d'autant que nous étions convenus avec la production de ne pas caricaturer les personnages : homos oui, folles non ! Or, quand on regarde l'image des homos au cinéma, c'est souvent dans la surcharge et l'outrance. *La Cage aux folles* a servi de modèle universel à toute une série de représentations caricaturales : les homos on veut bien, pourvu qu'*ils* soient outrancièrement *elles*.

D'où mon trac quant à l'accueil du public pour le personnage de Thomas. Il fallait avoir la main légère, en le jouant – poser l'homosexualité comme un autre poserait l'hétérosexualité –, sans que ce soit constamment la seule chose qu'on ait en tête. Après tout, demande-t-on à un hétéro de jouer au surmacho tout le temps ? Non, on se contente de supposer qu'il est *straight,* comme on dit en anglais… Il ne se balade pas avec ses préférences sexuelles en bandoulière !

Quelques jours après la première diffusion sont arrivées les retombées : à notre grand soulagement, Thomas était accepté du grand public. J'étais soulagé – et secrètement encouragé aussi : j'avais essayé de le jouer en douceur, en finesse, comme si ça allait de soi, comme si Thomas était homo comme il est blond. Naturellement.

Quelques semaines plus tard, j'ai commencé à recevoir du courrier, un énorme courrier. Au début, je ne voulais pas ouvrir toutes ces lettres, de peur d'y découvrir des réactions homophobes. Mais rien, jamais rien en ce sens. Je recevais des lettres de grands-mères, de parents, d'enfants, etc. Tous me remerciaient pour ce que j'avais fait passer par et dans le rôle. Les ados me remerciaient car voir leurs parents accepter Thomas les poussait à se dévoiler à eux et à avouer leur homosexualité : quand je pense que je suis un peu responsable de bien des *coming out*, j'en ressens un sentiment étrange, bien près de la fierté. Les parents me remerciaient de leur permettre de ne pas juger leurs enfants (plus facile à dire qu'à faire, je suis passé par là). Des grands-parents avaient, grâce à Thomas, pu réunir leurs enfants et leurs petits-enfants, qui parfois depuis des années ne se voyaient plus à cause des préférences avouées de l'un ou l'autre. Bien des fois j'ai pleuré en ouvrant les lettres, bien des fois j'ai souri de voir ce que je pouvais leur apporter – et de ce qu'ils m'apportaient, eux : parfois sans le vouloir, ils me donnaient la foi – foi en ce que j'étais, foi en ce que je faisais.

On sait combien les acteurs sont sensibles à la louange ou à la critique. Une opinion négative a un écho terrible, que cent opinions positives ne parviennent pas toujours à compenser. Et là, j'étais sans cesse conforté dans ma vocation comme dans mon jeu – ou ma nature. C'est inoubliable.

J'ai gardé tous ces courriers comme des trésors. Comme un butin pour les jours de disette.

Il y a Meryl, il y a Sophie, il y a Erwan, Jacques, Monique, Claire, François, Paul et les autres, tous les autres… Ces fans qui me suivent. Qui m'envoient des cadeaux (du bordeaux, s'il vous plaît !). Qui me rendent visite, qui sont toujours simples, naturels devant moi. Il y a ces regards, ses mains tendues, tous ces gestes qui m'ont permis de rester dans cette série, qui m'ont permis de vivre mieux, et surtout de grandir, grandir… Je trouve, sans prétention, que la popularité me va bien au teint!

Quand je pense à cette série, série à laquelle personne ne croyait à part nous, l'équipe, la production, la chaîne. Nous nous sommes battus pour qu'aujourd'hui ce rendez-vous soit incontournable pour bon nombre de téléspectateurs.

Le support feuilleton n'avait jamais été retenté depuis fort longtemps. Depuis *Noëlle aux quatre vents,* au début des années 1970, quelle série a retenu la France entière scotchée à son écran pendant si longtemps ? La production a eu du flair. Les scénaristes ont senti qu'il était possible d'utiliser le véhicule ancien du feuilleton pour faire passer des idées nouvelles. Le professionnalisme de tout le monde s'est peu à peu transformé en artisanat pur et dur.

Comme personne n'avait clairement de marche à suivre, chacun est allé chercher au fond de soi les forces nécessaires pour se dépasser. Chacun est allé au-delà de ses compétences de surface, pour trouver la vérité profonde de son personnage.

Le projet était tellement énorme – cinq jours de tournage hebdomadaires, plus d'une trentaine de comédiens... Il fallait réinventer chaque jour de nouvelles intrigues (je tire mon chapeau à l'imagination débordante des auteurs). Au total, plus de 1 400 épisodes déjà tournés (*Noëlle aux quatre vents,* qui a tenu la France rivée à son écran noir et blanc en 1971, c'était... 85 épisodes...). Qui l'eût cru ? Si on m'avait dit qu'un jour je tournerais plus de 1 000 épisodes, j'aurais pensé à une... galéjade, comme on dit à Marseille... C'est une drôle d'aventure, une sorte d'arche perdue au milieu du paysage audiovisuel, un immense océan où chacun tente de se frayer un chemin à travers des flots parfois houleux. Tout le monde fait de son mieux, et souque ferme, pour que ce grand navire arrive à bon port. (Depuis le temps, nous en sommes à au moins deux tours du monde !)

Un week-end, je pars en Corse histoire de me ressourcer un peu. Le Breton que je suis y retrouve la nature inviolée, les granits déchiquetés, le vent, la mer – et une saine conception du farniente. Aéroport de Figari, taxi, et, vers 20 heures, je débarque, mon sac sur l'épaule, dans un charmant village du sud.

J'aurais pu débarquer dans le Désert de la Mort (ou celui des Agriates, pour rester sur l'Ile de Beauté) ou sur la Lune, il n'y aurait pas eu de différence. Personne. Pas un chat. Pas un chien. Pas un rat. Comme si la Troisième Guerre mondiale venait de commencer, et que la population ait été rayée de la carte – je me faisais l'impression d'être l'ultime survivant. Comme dans *Malville* avec Michel Serrault dans les années 80.

J'arrive tant bien que mal à trouver la maison prêtée par des amis qui m'avaient assuré que j'y trouverais la tranquillité. Ça, pour être tranquille ! C'en devenait inquiétant. Je pose mes bagages, et décide d'aller boire un verre dans le bar du village et voir s'il y avait de quoi se restaurer. J'avance doucement – je me sentais comme une ombre dans un territoire avancé de la Mort – dans les rues désertes. Toujours rien. Et soudain – il devait être huit heures et quart-huit heures vingt – j'entends retentir dans tout le village, par toutes les fenêtres entrebâillées, le générique de la série. À m'en rendre fou ! Le générique partout. Partout en même temps. Le village entier communiait dans la ferveur du feuilleton ! Autrefois, c'était « les Français parlent aux Français » – et là, c'était ma voix, ma voix qui venait de nulle part et de partout, je m'entendais à voix haute, comme une Jeanne d'Arc cathodique au lieu d'être catholique !

Je passe alors devant une fenêtre grande ouverte, et je croise furtivement le regard d'un gamin. « Maman, s'exclame-t-il avec cet accent inimitable, il y a Thomas qui vient de passer dans la rue ! » « Ô mon fils, arrête de dire des bêtises plus grosses que toi, et laisse-moi regarder, sinon je ne vais plus rien comprendre... » « Mais maman, je te jure que c'est vrai, que je meure à l'instant... » « Dis à ton fils de cesser de faire le zouave, veux-tu ! » « Si vous parlez tout le temps, tous les deux, comment voulez-vous que je suive ? », a alors demandé une voix indéniablement mâle...

Neuf heures moins vingt enfin. Le village a doucement repris son activité de soirée printanière. Et voilà que je tombe nez à nez avec le loustic qui prétendait m'avoir vu errer dans les rues. Il m'aborde, sans peur ni reproche, et me balance un : « Tu es bien Thomas ? » J'ai souri. « Là, je suis plutôt Laurent, mais dans mon autre vie, oui, effectivement c'est bien moi qui joue le rôle de Thomas ».

Il est parti comme une fusée en gueulant dans tout le village : « Maman, maman, il y a Thomas, il y a Thomas !!! » Deux minutes plus tard, j'avais le village tout entier autour de moi. Moi qui voulais dîner, j'ai dégusté ce soir-là le meilleur lonzu et le prizuttu le plus raffiné, le mieux affiné, que je n'aie jamais mangés ! Et pour pas un rond : l'hospitalité corse, croyez-moi, c'est quelque chose !

Le dimanche matin, partie de la semaine que j'apprécie particulièrement. En effet quand les jours de tournage se succèdent sans jamais vraiment se ressembler, j'attends avec impatience cette longue et heureuse matinée dans mon lit. Un dimanche donc, le soleil venait à peine de pointer le bout de son nez, je dormais paisiblement, persuadé que jamais rien ne pourrait venir troubler ce sommeil si réparateur et si convoité. J'avais tort ! Vers 9 h 45, la sonnerie de l'entrée retentit dans toute la maison. Vu l'insistance, on aurait pu croire à une urgence. Le doigt devait être resté collé à l'interrupteur. Ce n'était pas possible autrement ! Je me réveille donc en sursaut ! Qui suis-je et dans quel état j'erre ! Je ne savais plus quel jour nous étions ? Serais-je en retard, n'était ce pas la régie qui, excédée par ce retard, sonnait à ma porte ? Mon Dieu, mais qu'ai-je fait ? Retarder tout un tournage !

Honte à toi Laurent ! Je bondis hors du lit et me précipite en tenue d'Adam vers la porte d'entrée. Je ne suis pas exhibitionniste mais, à ce moment-là, mes idées étaient pour le moins confuses ! J'ouvre la porte d'entrée, puis celle du portail, je relève la tête, et là, devant moi, se tenaient une dizaine de personnes, ravies de me voir ! Ils voulaient des autographes pour les enfants. C'était un voisin et ami qui leur avait dit que je vivais dans la même rue, quelques maisons plus loin ! Quelle bonne idée ! Venir me rendre visite, un dimanche matin, chez moi, chez Laurent ! Tout d'abord gêné de les recevoir dans cette tenue, je me ravise et comprend soudain que leur geste était parfaitement déplacé. Surtout, au risque de me répéter, un dimanche matin ! Ils seraient venus un autre jour de la semaine à des heures convenables, je ne pense pas que ma réaction eût été aussi exagérée. J'ai aussitôt refermé le portail en expliquant les raisons de mon refus. Ils étaient venus chez moi, me gâcher le sommeil sous des prétextes peu acceptables ! Mince, je ne suis pas au Mistral là, je suis chez moi et dans mon lit. Je m'apprêtais à refermer la porte d'entrée quand les enfants se sont mis à pleurer. Je ne pouvais décemment pas leur faire ça, les pauvres, et je suis presque sûr qu'eux aussi auraient préféré rester au lit. Je me ravise et leur demande à travers le portail de me laisser quelques minutes, le temps de m'habiller et de trouver des cartes de dédicace. Je suis donc ressorti, la tête endolorie par le sommeil, le teint blafard, l'œil collé à la paupière pour signer une dizaine d'autographes et poser pour les photos souvenir. Quand leurs amis ont dû voir ces clichés, j'imagine leur tête ! C'est ça « Thomas » ?

Un matin de printemps, je devais partir chez mes parents, tous les avions étaient complets, j'ai dû me résigner à prendre le train. Saint-Charles via Nantes, Loire-Atlantique ! Presque huit heures de trajet ! Quelques heures après le départ, je me suis profondément endormi. J'étais à ce moment-là seul dans mon compartiment. C'est important de le préciser. Je me suis donc complètement laissé aller, persuadé que j'allais pouvoir mettre à profit ces quelques heures pour me reposer. Je me sentais partir, j'étais bien, si bien… la bouche ouverte, la tête qui rebondit sur la vitre, un léger filet de bave qui coule le long de mon menton, le souffle apaisé à deux doigts du ronflement ou des gémissements. En deux mots, j'étais à l'apogée de ma gloire ! Je ne peux pas exactement vous dire combien de temps je suis resté comme ça, peut-être une heure. Toujours dans mon sommeil, j'entends alors des voix ricaner, quelques instants j'hésite et me persuade qu'elles sont dans mon rêve. Pourtant elles sont de plus en plus présents, de plus en plus insistantes. Je me ravise et ouvre un œil ! J'avais face à moi, deux charmantes petites vieilles que se gondolaient de voir le petit « Thomas » dormir comme une masse ! Mine de rien, je leur souris et me rends alors compte de mon état. J'étais une épave, une épave qui bavait et qui ronflait !!! Bonjour l'image ! Forcé de rebondir face à leur ricanements, je leur lance : « Mesdames, comprenez que je suis maintenant dans l'obligation de vous tuer ! » Elles avaient beaucoup d'humour et on éclaté de rire ! Cela s'est terminé devant un café, racontant mes anecdotes de plateau. Dorénavant je ne m'endors plus dans les transports en commun ! Pas la peine de soigner son image si c'est pour la bousiller en deux-deux dans un TGV avec une sieste hors norme ! Sans compter tous les gens qui sont montés à Aix-en-Provence et Avignon. Je préfère effacer ça de ma mémoire !

Il y a une règle à ne jamais oublier. Ce succès est envoûtant et gratifiant, mais il faut savoir que du jour au lendemain on peut vite tomber aux oubliettes – j'aurai alors l'air fin de vouloir me débarrasser d'un Thomas que les scénaristes auront liquidé ! La télé m'a tuer ! comme écrirait un mourant cathodique...

C'est ce qu'il y a de plus dur dans ce métier. Les Romains disaient : « La roche tarpéienne est près du Capitole » – autrement dit, célèbre un jour, mais pas toujours, et parfois sacrifié le lendemain. Tu as beau être passionné, te donner à fond, on ne lutte pas contre le temps qui passe. Je n'en ai pas peur, mais j'y pense. C'est une des raisons pour lesquelles je ne m'arrête jamais, que je prends tout à bras le corps comme si d'un jour à l'autre on pouvait me retirer ce personnage si cher à mes yeux. Soyons réaliste : Thomas n'est pas éternel. Les personnages de fiction, contrairement aux humains de chair, naissent d'un coup, adultes et tout habillés, mais meurent comme nous – d'un coup aussi, et les bottes aux pieds. Je dois me préparer à l'après, à ce qui pourrait être une longue descente. Non pas en enfer, non – bien pire : dans l'oubli !

Je me rassure en me disant que j'aurai au moins participé à cette grande aventure. Celle de ce feuilleton populaire où chaque Français a l'impression de retrouver une part de lui-même – et de retrouver, soir après soir, quelques amis dont il finit par se persuader qu'ils étaient vraiment les siens.

Je sais bien qu'aux yeux des téléspectateurs je ne suis que ce sympathique Thomas. Mais c'est aux yeux des producteurs que j'aimerais, par la suite, redevenir

Laurent. Encore que… Le rôle m'a tant marqué que si pour le reste de ma carrière je reste Thomas, j'accepte et j'assume. Il m'aura fait vivre bien des années, il m'aura permis bien des rencontres, bien des émotions. Merci, merci à toutes et à tous ! Merci surtout à ceux qui ont eu le cran de m'engager, quand j'étais au plus bas, qui ont cru en moi – et que j'espère n'avoir jamais déçus, sans vouloir pour autant jouer les premiers de la classe. Qui ont cru qu'un grand escogriffe d'1,93 mètre, sans références bien établies, pourrait pendant des années s'occuper de servir des consommations au Mistral… 1,93 mètre ! Les décorateurs ont dû surélever la corniche au-dessus du bar, sinon j'étais l'homme sans tête. Et ce n'est pas rien : des Thomas avec dix centimètres de moins, il doit y en avoir à la pelle, dans le monde des intermittents du spectacle. Mais c'est moi qu'ils ont choisi.

Cependant, dans ce beau conte populaire, si j'ose dire, il y a ce que j'appellerais le « retour de manivelle » ! Expression toute trouvée pour illustrer ce qui suit. Le succès, même des moindres, attise quelques curiosités et convoitises. On entend ici et là quelques attaques parues dans la presse. Des phrases sorties tout bonnement de leur contexte. Tous ces gros titres si alléchants ! Ces mots délicats employés avec précision pour rendre la situation toujours plus énorme qu'elle en deviendrait presque scandaleuse !

Je ne peux absolument pas en vouloir à cette presse ! Et pour cause, quand elle me brosse dans le sens du poil, je ne dis mot. Pourquoi j'irais gueuler quand elle déforme la vérité ?

J'essaie de ne pas me laisser submerger par la colère. J'encaisse. J'essaie d'oublier.

Cette presse n'est-elle pas là elle aussi pour raconter des histoires ? Réalité ou fiction ? Qu'importe ! Un simple cliché peut à lui seul fournir une longue liste d'histoires.

Après tout, je suis plus ou moins comme la plupart des lecteurs. C'est vrai, on consomme cette presse sans jamais vraiment l'avouer, on la consomme en douce, on avale ces mensonges en sachant pertinemment qu'ils en sont. Comme cette vieille tranche de jambon dans un frigo désert. Elle a un vieux goût de rance mais, comme il n'y a rien d'autre de facile à se mettre sous la dent, on la mange quand même. C'est peut-être tiré par les cheveux, mais j'assume pleinement cette métaphore pour le coup douteuse ! Comme on avalerait cette vieille tranche, on avale ces « rubriques people » comme ils disent ! Et après, on oublie ! Tout simplement. Remarquez, c'est ce qu'il y a de mieux à faire.

Donc, tout cela n'est qu'un jeu et je n'ai d'autre choix que d'y participer.

Des journalistes, j'attends indifféremment le pire et le meilleur. Les écrits balancent toujours entre l'admiration et le phénomène médiatique. Que faire ?

En ce qui concerne les photos dites volées, j'évite tout endroit susceptible d'être envahi par les paparazzi. En même temps, je fais le beau mais je ne suis pas sûr d'intéresser à ce point.

J'ai quelques exemples parfaits pour soutenir ma thèse du pauvre petit comédien malheureux persécuté par la presse !

Exemple. De : « Je sortais mon chien et ramenais un ami au taxi », cela devient quelques heures plus tard, comme par magie, car c'est aussi ça la magie du spectacle : « Il sortait ivre de boîte de nuit. »

Il y a eu aussi en gros titre : « Ma pire nuit à Marseille ! » Je n'ai jamais rien dit de tel. Et puis la pire nuit que je pourrais passer à Marseille serait celle où j'en partirais… Je n'espère jamais.

Autre interview. « Mes parents travaillaient pendant les vacances scolaires, j'allais donc chez mes grands-parents à Brest » devient : « Ses parents travaillaient beaucoup, il a été élevé par sa grand-mère ! » De quoi faire pleurer dans les chaumières.

De : « Je n'ai pas toujours entendu que des bonnes

choses sur notre série. Certains peut-être nous jalousent... », on retrouve alors après un passage au mixeur : « Dans les studios de la belle de mai, ses camarades le jalousent ! » De mieux en mieux.

Tant que ces personnes bien intentionnées ne blessent pas ma famille, je ne lèverai pas le pouce.

A bon entendeur...

Ne voyez rien dans ce petit laïus qui pourrait ressembler à une quelconque plainte de ma part ! Vous risqueriez de penser que je refuse de payer la « rançon de la gloire ». Pardonnez-moi, mais je déteste cette expression. Elle donnerait alors le droit à toute intrusion dans la vie privée ? Sous prétexte d'un passage à la télé, aussi furtif qu'il soit, vous devriez livrer aux gens vos secrets les plus dingues ? Non merci !

Au début ça fait mal, après c'est moins douloureux. Heureusement, la troupe est là qui veille, qui réconforte. Nous sommes aujourd'hui tous habitués aux attaques. Ce qui ne nous démolit pas nous rend plus fort !

A force, on finit par bien se connaître. Sans jouer les nostalgiques, il m'arrive souvent de penser aux têtes que l'on avait en entrant dans la série. C'est une vérité, on vieillit avec nos personnages. C'était bien, ces débuts... Les premières impressions sont les plus fortes – elles restent indélébilement imprimées. D'où l'importance des premiers contacts.

Je voudrais en célébrer quelques-uns.

Michel/Roland. Premier jour de tournage, je ne connaissais personne, perdu au milieu de ces décors immenses. Michel et moi, nous nous étions juste croisés. Timidement, je m'avance vers lui en lui demandant s'il allait bien être mon père. Il me regarde et me dit : « Tu as vu notre première séquence ? » Evidemment, je l'avais apprise, répétée, relue en large et en travers. C'était une scène où je devais faire du bouche-à-bouche au personnage. Belle introduction. On se connaissait à peine et voilà que je devais, le premier jour, à la première heure, lui rouler une pelle – ou presque. Michel est natif de l'Hérault : je reste pourtant persuadé, au vu de son caractère bien trempé, qu'il doit avoir des racines bretonnes. Nous sommes, à ce moment-là, loin d'être les derniers à défendre nos idées. Il est maintenant pour moi un véritable ami.

Laëtitia/Mélanie : la fille la plus chouette par excellence. J'adore tourner avec elle et Michel. C'est comme une famille de substitution. Et pour cause : Michel et moi avons été les témoins de son mariage avec Badry. C'est aussi ça notre série. A force de tourner ensemble, on parvient à un degré incroyable de complicité. Je connais toutes ses manies et elle scrute toutes les miennes. On se marre, on travaille, quoi de mieux ?

Dounia/Johanna : elle est arrivée dans la série, elle n'avait que quinze ans. Elle était déjà très jolie, elle est devenue belle avec l'âge. Je me suis lié avec elle. Sans qu'on ait besoin de se le dire, je crois qu'elle sait que quoi qu'il advienne je serai toujours là pour elle. Elle est simple, talentueuse – elle est Dounia, ma princesse.

Pascale/Wanda : c'est bien simple, si j'avais dix ans de moins, je la demanderais en mariage. C'est une actrice remarquable et tellement simple. Je l'aime, tout simplement. Sa carrière est impressionnante. Il nous arrive de nous faire des petits week-ends à Cassis. Elle a une passion pour mon chien Tao, l'amoureux transi de Socquette, sa chienne.

Rebecca/Céline : c'est mon double en fille. Comme une sœur. Mêmes pensées et souvent mêmes attitudes. En miroir, comme une reconnaissance sans que l'on puisse comprendre pourquoi. Si j'ai une part féminine en moi, c'est celle de Rebecca. J'espère un jour pouvoir avoir d'autres projets avec elle.

Pierre/Léo : mon idole dans cette série. Je parle de l'acteur, pas du personnage. On ne se connaît pourtant pas beaucoup, mais j'aurais aimé avoir son flegme et sa patience. Il est doux et moi, ça me calme. Si je devais demander au Père Noël une qualité dont je serais évidemment dépourvu, ce serait d'être posé, calme, serein. Ne pas parler sans avoir tourné cent fois ma langue dans ma bouche. Pierre, lui, est comme ça. Respect !

Et il y a tous les autres : Cecilia, Sylvie, Hélène, Stéphane, Anne, Elodie, Ambroise, Virgile, Fabienne, Jean-François, Franck. Toutes ces heures passées, tous ces fous rires. Une complicité qui le plus souvent n'a pas besoin de dire son nom, tant elle va de soi. Un amour qui n'a pas besoin de se déclarer.

Vous êtes ma famille. *Ad vitam aeternam.*

DEMAIN

Demain est un autre jour !

Je ne sais pas encore si ce livre sera bien perçu.

Pourtant il est sincère et ne fait en aucun cas partie d'un plan de « communication », comme on dit de nos jours. C'est une formidable occasion qui m'a été présentée.

Je ne fais pas partie de ceux qui hésitent. Je ne suis pas un intellectuel mais un instinctif. Alors qui vivra verra, comme disait mon grand-père !

Mais demain, oui demain ?

Il n'y aura pas de sapin à Noël...

Non, ce n'est pas une menace : c'est le titre de la pièce que j'ai écrite il y a peu (j'en ai cité plus haut quelques lignes), et que j'aimerais bien monter, un de ces jours, avant que je sois vieux... à moins que je ne joue *Harold et Maude,* à compter que je puisse encore faire illusion pour incarner le rôle d'Harold...

Le théâtre, c'est plus qu'une passion, c'est l'art de rêver. Je rêve de rôles, de scènes, de tournées... Il y a l'amour de la scène. Se mettre en danger, et en récolter le prix – applaudissements ou sifflets –, ou, pire peut-être, applaudissements polis, sans enthousiasme, et la salle se vide rapidement... Mais il y a aussi la volupté de se voir sur scène, de s'entendre parler par la bouche d'un autre, d'oser.

Au départ, cette pièce, je ne l'ai écrite que pour une seule et unique raison : jouer ! Puisque personne ne me proposait de rôle, alors j'allais m'en créer un de toutes pièces. L'histoire, je n'ai pas été la chercher bien loin : j'ai pioché dans ce triste passé pour donner vie à quelques individus aussi orphelins que moi. Il n'y a que des orphelins, dans cette pièce. Tous en quête, tous en attente – on ne sait trop de quoi.

C'est l'histoire d'une veillée de Noël. Bien loin de la tradition celle-là. La situation se déroule dans un vieux bar et sur son bout de trottoir. Le quartier est réputé pour être branché sur le sexe. On y vend toutes sortes de gadgets aidant l'humanité à vivre ses fantasmes. On y vend des corps aussi. Notamment ceux de Lili, Emma et de François. Ils sont récurrents de l'endroit. Ils arpentent ce morceau de bitume depuis bien trop longtemps déjà. Leur bar est étonnamment fermé. Pour un soir comme celui-ci, ça paraît louche. Pourtant, il n'est pas question de chômer. Noël ou pas, ils vont bosser. Ils se posent là devant la façade, attendant froidement l'ouverture de leur refuge. La soirée s'annonce calme et la clientèle prévue n'est pas au rendez-vous. Et pour cause, la fermeture subite de leur Q.G. n'attire pas vraiment le client. Seul un courageux décide de s'y arrêter : Camille. Il n'a pas l'air de vouloir consommer. Son intérêt pour l'endroit paraît surprenant. Il prétend vouloir changer de vie. Mais pourquoi ici ? Il parle d'une quête. D'une recherche. Perplexes devant cet étrange débarquement, nos trois habitués délimitent leur territoire et cherchent à en savoir plus. Le bar ouvre enfin ses portes. La patronne des lieux tente alors généreusement de réchauffer ses « orphelins ». Elle revendique le droit de fêter Noël. Elle voudrait leur montrer que la vie peut être autre chose. C'est peine perdue, ils ne veulent rien entendre et se complaisent dans leur propre malheur. Son argument est pourtant simple : se poser, ne serait-ce qu'une soirée, et profiter de ses amis autrement qu'en tapinant. Les discussions sont mouvementées, toujours passionnées. Confrontation de deux mondes. D'un côté celui de la rue, et de l'autre celui d'une vie qui se veut « normale ». On se parle, mais on ne s'écoute pas. On est d'accord, mais on ne l'avoue pas. On s'aime, mais on ne se le dit pas. Au fil de la soirée, le comportement de Camille devient de plus en plus troublant. Il s'intéresse de très près à leur condition de vie sur ce trottoir. Mais pourquoi ? Qui est-il au juste ? Est-il vraiment là par hasard, comme il le prétend ? Un réveillon chaotique se prépare et un seul point commun entre ces protagonistes : une certaine panique devant le décalage de nos réalités et de nos rêves. Cette soirée de Noël redonnera peut-être le souffle à des personnes menacées prématurément d'épuisement. Sauf peut-être…

Ce client au prénom androgyne – Camille – qui cherche quelque part une Mère réelle – ou mythique, peut-être : être en quête de réalité, c'est déjà compliqué, mais chercher un fantôme… Sa mère n'est peut-être après tout qu'une légende ? C'est un homme « sans mode d'emploi ». Souvent, il ne parvient pas à finir ses phrases – c'est un homme en suspension, comme les points du même nom. Cet homme, c'était moi !

Bien sûr, la scène est une forme suprême de thérapie. « Depuis que je suis gosse, dit mon personnage, j'ai l'impression d'être en décalage avec ma carapace. Je dégage ce que je ne suis pas et je suis ce que je ne dégage pas… »

Aujourd'hui est un autre jour, le personnage de ma pièce ne me ressemble plus. Thomas est devenu pour ainsi dire mon futur, ou plus simplement m'a permis de regarder vers ce futur.

J'ai écrit ce livre pour finir enfin mes phrases. Et parce que je pouvais, enfin, les achever : la détresse passée, combinée au bonheur présent, cela fait le plaisir d'écrire.

J'ai écrit ce livre pour réduire ce décalage. Me réunifier. Non pas tuer Thomas, ce qui serait singulièrement ingrat – je lui dois tant... Mais nous additionner, lui et moi, parce que je le nourris, au jour le jour, de mes blessures, de mes doutes, de mes repentirs. Et qu'en échange, il me permet, peu à peu, de réduire la fracture initiale.

Et peut-être, pour vous, le plaisir de lire.

Parce que j'ai écrit pour moi. Parce que j'ai écrit pour vous – et dans ce « vous », je mets tous ceux qui m'aiment, et que j'aime. Et que, comme chantait Barbara, ma plus belle histoire d'amour, c'est vous...

Marseille,
le 30 janvier 2010.